KB105481

아무튼, 서핑

아무튼, 서핑

안수향

위고

붓다에서 벗어나고,

나의 모든 형이상학적인 근심을 언어로써
털어내버리고,

헛된 번뇌에서 내 마음을 해방시킬 것.

- 니코스 카잔자키스, 『그리스인 조르바』
(열린책들, 2008)

차례

패들링을 멈추지 말아요

* 본문에서 서핑과 관련한 용어는 서퍼들 사이에서 통용되는 표현을 따라 표기했다.

대부분의 운동이 '0'에서 '1'을 더해가는 일이라고 치면 서핑은 '0'에서 '0.1'로 겨우 갔다가 '-3'으로 굴러떨어지는 일 같다. 근데 그 '0.1'이 미치도록 좋아서, 고작 파도 하나 타려고 몇 시간 동안 물살을 버티곤 한다.

서핑은 선을 긋지 않는 스포츠다. 프로 서퍼가 아닌 이상 경쟁자도, 시간제한도 없다. 그저 파도를 만나거든 딛고 일어서기만 하면 된다. 하지만 서핑을 시작할 때 가장 처음으로 맞닥뜨리게 되는 불안 역시 이 '선 없음'에 있다. 처음 서핑을 하러 가던 날 알았다. 이정표 없는 바다의 막막함을. 어디쯤 가서 어떤 파도를 타야 하는지 지표가 될 만한 감각이 내게는 없었다. 그저 눈치껏 바다에 들어갔다. 그러다 마침 세게 부서지는 파도 하나를 얼빠진 표정으로 마주한 것이다. 어디서든 바다 위에 길을 낼 수 있다고 생각했던 초보 서퍼의 자신감은 짠물을 먹으며 자꾸 고꾸라졌다. 한 번, 또 한 번, 좌절했다.

'라인업'이라고 하는 서퍼들의 바다 위 출발점을 발견한 것은 시간이 조금 흐른 뒤였다. 파도는 바다의 전진하는 힘과 비례하여 버티는 땅의 힘이 만나는 곳에서 부서진다. '파도'라는 한 사건의 경계, 이는 파도 이전의 세계와 이후의 세계를 명확히 구분 짓는다. 파도가 처음 부서지기 시작하는 이곳 너머 파도 이전의 세계가 바로 서퍼들이 대기하는 지점인 '라인업'이다. 서핑을 시작하기 위해 서퍼는 반드시 이 마지막 파도 하나를 넘어 가야만 한다. 그러나 부서지기 직전의 파도는 한 사람을 들어 내동댕이칠 만한 힘이 있으므로, 이는 서퍼가 파도와 겨뤄 이길 때에만 넘을 수 있는 문이 된다. 처음 1년 동안 나는 대부분 지는 쪽이었다.

다대포에서 큰 파도 하나를 넘지 못해서 분했던 적이 있다. 다섯 시간 동안의 시도, 번번이 파도에 내동댕이쳐지면서도 풀린 손으로 서프보드를 다시 잡던 그날, 나는 초라하고 무력했다. 눈 딱 감고 저기만 넘어가면 라인업이라는 걸 머리로는 알았지만 오기만큼 자란 두려움과 뭍으로 향하려는 몸의 관성은 나를 자꾸 뒷걸음치게 했다. 하지만 어느 순간 계속 나아가고자 하는 나를 발견했다. 큰 파도를 넘으려고 하는 대신 작은 파도 하나만 타도 괜찮을 것이다. 하지만 그날만큼은 저기 너머로 가보면 좋겠다고 생각했다. 딱 한 번만, 한 번만 넘어가자,

나는 밀려오는 파도의 속도로 몸을 파도 속으로

들이밀었다. 숨을 꾹 참았다. 패들링*을 멈추지 마. 나아가. 계속, 계속…. 버티는 힘이 나아가는 힘으로 바뀌고, 마침내 꾹 참았던 숨이 터졌다. 무사한가?

라인업에 먼저 다다른 사람들의 얼굴이 보였다. 표정을 보니 그들도 안녕한 모양이다. 이제 우리에게 남은 건 마음에 드는 파도를 잡아 타고 힘껏 나아가는 일뿐. 마침 지나가고 부서지는 파도 하나를 관망했다. 그날 처음으로 내가 웃고 있다는 것을 알아차렸다.

바다에선 모든 게 분명하지 않아서 좋다. 버텼던 마음은 다시 나아갈 수 있는 힘이 되기도 하고, 끝은 다시 시작이 될 수도 있으므로. 나는 오늘도 바다에서 나이를 먹고도 울 수 있는 마음과 처음과 끝 사이를 오가는 길을 배운다. 그러니 모두, 패들링을 멈추지 말기를. 그리고 나아가기를 바란다. 라인업이 바로 저기에 있으니.

---

* 서프보드에 엎드려 해안가에서 파도 쪽으로 나아가기 위해 양팔을 젓는 동작.

우리 같이 서핑하러 갈까?

"좋아."

친한 동생 커플이 같이 서핑하러 가지 않겠느냐고 물었을 때 나는 바로 그러자고 했다. 드라마나 영화에서처럼 좋아하는 것과의 첫 만남이 극적이거나 인상적이었으면 좋았겠지만, 아무리 생각해봐도 그저 흥미롭겠는데, 하는 수준의 인상이었다. 반대로 동생 커플은 나를 만난 김에 충동적으로 물은 게 아니었다. 날씨 예보와 파도 차트를 확인하며 최적의 날을 고르고 골랐던 것 같다. 시간이 훌쩍 지나고서야 알았다. 서핑에 관한 나의 첫 기억이 좋았으면 하는 마음이 두 사람에게 있었단 걸. 그리고 둘 덕분에 나는 정말로 좋은 첫 기억을 갖게 됐다. 고마운 일이다.

첫 서핑 강습을 받은 곳은 부산 송정해변이었다. 날씨가 참 좋던 2018년 5월 어느 주말, 해변 가까운 곳에 위치한 서핑숍에서 나를 비롯해 동생 커플과 친구들 몇 명이 모였다. 서핑이 생각보다 만만치 않은 운동이라는 건 바다에 들어가기도 훨씬 전에 이미 깨달았다. 태어나 처음으로 쫀쫀한 네오프렌 소재의 새까만 웻수트(wet suit)*에 팔과 다리를 쑤

* 합성고무로 만든 잠수복의 한 종류. 수트 안으로 물이

서 넣는 동안 내 신체에 얼마나 불필요하고 걸리적거리는 것들이 많은가 하고 한탄에 가까운 숨을 내쉬었다. 입기가 여간 까다롭지 않다. 물어보니 내가 입은 4/3mm 웻수트는 여름용에 비해 두꺼운 편이라 입기가 좀 더 힘들다고 했다. 5월이지만 아직 바다는 차가웠다. 겨우 숨을 참고, 마지막으로 등 뒤에 달린 지퍼를 올려서 잠갔다. 서핑은 아직 시작도 하지 않았는데 뭔가 한바탕 큰일을 치른 기분이었다.

시뻘게진 얼굴로 서핑숍 사장님께 이론 수업을 받았다. 서핑의 역사를 배우기도 했지만 역시 대부분 안전과 매너에 관한 내용들이었다. 놀이든 운동 경기든 룰은 중요하다. 공정하게 실력을 겨뤄 정확한 승부를 내기 위해선 모두가 합의한 정당한 룰이 필요하기 때문이다.

배드민턴을 예로 들자면 선을 그어 물리적 공간을 정하고(코트), 포인트 획득과 승부의 판가름에 대한 기준을 합의하고 서로 경쟁한다. 단식은 긴 면 안쪽 선까지 쓰고, 복식은 코트 전체를 쓰며, 서브권이

들어와 몸이 젖기 때문에 웻수트라고 한다. 수트 안으로
들어온 물이 체온으로 따뜻해져서 보온 효과가 있다.

없어도 상대방의 코트 바닥에 셔틀콕이 닿거나 상대방이 내 코트 바깥으로 공을 보내 아웃되면 1포인트를 획득한다. 21점을 먼저 획득하면 해당 게임을 가져가고, 세 게임 중 두 게임을 먼저 가져가면 최종 승리를 한다. 오래도록 내가 해온 게임의 룰은 명징한 승패를 플레이어에게 내놓는다.

그런데 서핑의 룰은 조금 달랐다. '한 파도에 한 사람만 탈 수 있다', '남의 파도를 훔치면 안 된다', '서프보드를 놓치지 않도록 주의한다' 같은, 대부분의 룰이 안전하게 서핑을 즐기기 위한 것이었다. 가만히 생각해보면 기본 전제가 다를 수밖에 없는 것이, 서핑은 누군가와 경쟁해서 이기기 위한 운동이 아니다. 2021년 올림픽 정식 종목으로 채택되었고 월드서프리그(WSL) 투어라는 것도 있으니까 경쟁 스포츠라고 할 수도 있지만 프로서프리그 경기 역시 누가 더 아름다운 서핑을 했는지를 심사해 우승자를 가리기 때문에 아무래도 직접 맞부딪쳐 승부를 겨루는 종목과 확연히 다르다. 바다에선 속도나 높이 따위로 경쟁하지 않아도 된다. 서핑에 호감이 생기는 대목이다. 다시 한 번, 더 잘 기억하고 싶어서 서핑의 가장 중요한 룰을 되새겨본다. "한 피도에 한 사람만 탈 수 있다."

모래에 엎드려 서핑의 여러 기본 동작들을 익히고 나서야 드디어 고대하던 바다로 들어갈 수 있었다. 그러나 위기가 한 번 더 찾아왔다(서핑은 역시 만만치 않은 운동이다). 솔직히 나는 서핑하는 내 모습이 처음부터 멋있을 줄 알았다. 어릴 때부터 운동을 꽤 오래 했으니 남들보다 쉽게 서프보드를 딛고 일어설 수 있을 것 같았다. 웬걸. 강사님이 밀려오는 파도에 맞춰 밀어주는 보드 위에서 일어나기만 하면 되는 것을, 계속 중심을 못 잡고 우스꽝스러운 모습으로 바다에 빠져 짠물 먹기를 반복했다.

　　오기가 생겼다. 다시. 꼴까닥. 다시. 꼴까닥. 오랜 시간 운동하며 몸에 새긴 끈기 하나로 버티며 '덤벼라, 세상아'를 속으로 외쳤지만 여전히 쉽지 않았다. 그리고 어쩌다 한 번, 그 한 번이 드디어 내게도 찾아왔다.

　　높이가 0.5미터쯤 되는 적당한 크기의 파도의 경사를 따라 기다란 보드가 부드럽게 미끄러졌다. 강사님이 '푸시'와 '업'을 외침과 동시에 두 손바닥으로 서프보드를 짚고 배에 힘을 준 뒤 두 다리를 보드 가운데로 끌어당겼다. 이미 몇 번을 시도했던 터라 배근육이 부들부들 떨렸지만 배에 힘을 꽉 주고 두 다리에 체중을 실어 결국 일어났다. 파도를 잡아 서프보드 위에서 일어서는 테이크오프(take-off)에 성공한 것이다.

이제 버텨야 한다. 허벅지가 떨리기 시작했다. 그래도 균형을 잘 잡고 일어난 덕분에 떨어질 것 같은 고비는 넘겼다. 그 순간, 몇 초 안 되던 그 찰나에 신기한 경험을 했다. 보드를 디딘 발바닥에 모든 감각이 집중되는 듯한 기분이 들었다.

오래전 법정 스님의 "풍부하게 소유하지 말고 풍성하게 존재하라"는 말씀을 글로 읽고 과연 '풍성하게 존재하는 것'은 무엇일까에 대해 오래 생각한 적이 있다. 스물의 나에겐 쉽게 답을 내릴 수 없는 어려운 물음이었다. 그런데 그날 첫 서핑과 서프보드 위에서 처음 디뎌본 세계를 떠올리면 나는 답에 조금 가까워진 기분이 들곤 한다. 우리는 스스로 인식한 세계만큼 존재한다. 감각은 입력의 총량을 더 잘게 쪼갤 수 있을 때 고도화된다. 태어나 처음 경험한 에스프레소에서 느껴지는 건 쓴맛이 지배적일 테지만, 점차 경험이 누적되면 우리의 혀와 코는 신맛과 단맛, 바디감, 여러 계열의 향기를 구분해내기 시작한다. 감각하고 인식하고 움직일 때 나는 이곳에 존재하게 된다. 다시 첫 서핑을 떠올린다. 마치 파도가 지구의 공전과 자전을 따라 낱낱이 운동하고, 바다에 관한 단어가 수천 개로 방울방울 쪼개지는 것 같던 순간.

그날 신이 난 나는 일곱 시간 정도 바다에 푹 잠겨 있었다. 내 마음대로 되지 않는 일에 이렇게 신이 나도 괜찮은 걸까 싶었지만 비틀거리며 다시 풍덩, 서프보드에서 자빠질 때 느껴지는 폭신폭신한 바다의 감촉이 좋았다. 그날의 실패에서는 짭조름한 맛이 났다. 하지만 다시, 또다시. 파도가 나의 일이 되려면 내겐 좀 더 많은 실패가 필요할 것이었다.

다음 날 팔다리가 마음대로 움직여지지 않았지만, 어른이 되고 나서 내게 이토록 큰 기쁨이 있었던가 되짚어봤다. 새벽에 파도가 일고 해가 뜨는 일에 가슴 떨린 적이 한 번이라도 있었던가. 모든 게 아마 처음일 것이다. 모든 파도와의 만남이 처음인 것처럼.

서핑을 배우고 싶다면 처음 강습을 세 번 이상 받기를 추천한다. 강습 한 번 받았다고 덜컥 혼자 바다에 들어가는 사람들이 종종 있는데, 그 지역 바다에 대한 이해가 많이 부족한 상태에서 익숙지 않은 서프보드를 다루다가 혹여 사고가 날 수도 있기 때문에 말리고 싶다. 바다는 생각보다 위험하다. 서핑 강습은 그저 서프보드 타는 법을 익히는 시간이 아니라 그 지역 바다의 오랜 경험자로부터 안전하게 서핑할 수 있는 다양한 경험과 룰을 배우는 최소한의 장치다. 예를 들어 제주 중문해변에는 만조 때 강한 쇼어브레이크(shore-break)*가 생긴다. 예전에 그곳에서 초보 서퍼 두 명이 인증 숏을 찍느라 해변에서 멋모르고 서프보드를 들고 무방비 상태로 있다가 센 파도에 맞아 넘어지는 아찔한 장면을 보기도 했는데, 아마 강습을 해주신 분이 주의하라고 한 이야기를 대충 들었을 가능성이 크다. 그러니 조심하자. 서핑의 경험을 좋은 기억으로 남겨두려면 일단은 안전하고 무사해야 한다. 센 조류, 바위, 해파리, 쇼어브레이크, 보이지 않는 인공 구조물 등 해변에는 생각보다 다양한 해저드(hazard)**가 있다. 서핑에 첫발을 내디딜 땐

---

* 해안가에서 부서지는 파도.
** 해당 서프 포인트에서 서핑을 할 때 주의해야 할 위험 요소. 가끔은 '로컬 서퍼들'이 쓰여 있기도 한다. 해변에는 반드시 그 해변을 돌보는 지역 주민들이 있다. 아무것도 없던 양양 죽도해변이 현재의 멋진 서핑 스폿이 된 데에는 마을 주민, 지자체와 함께한 서퍼들의 노력이 있다. 서퍼들은 자신이 주로 서핑을 하는 해변에 대해 굉장한

반드시 그 지역 서핑숍에서 강사와 동행하며 바다를
배운 뒤 안전하게 서핑하기를 바란다.

주인의식을 갖고 있기 때문에 때때로 이방인을 반기지
않는다. 여러 가지 이유가 있겠지만 해당 서핑 스폿을
개척한 이들에 대한 존중이 없거나 무분별하게 바다를
어지럽히는 행위 등에 대한 반감에서 비롯된다고 할 수
있다.

윤슬

그날 송정 바다에 풍덩 빠진 뒤로 지금까지 헤어나오지 못하고 있다. 요즘은 생업이 바쁜 것을 핑계로 자주 못 가지만 그때는 그야말로 바다에 빠져 지냈다. 어떤 날에는 밥 먹는 시간을 빼고 종일 바다에 있기도 했다. 서핑을 시작하고 나서 '빠지다'란 말에 대해 자주 생각하게 됐다. 단어에 깃든 움직임과 실체를 하나하나 맨살로 겪을 때마다 '빠진다는 건 이런 거야!'라고 가슴속으로 외치면서 말이다. 게다가 처음 서핑을 배우던 날, 어쩌다 서프보드 위에 잠시 올라서서 비틀거리다가 바다에 빠지며 깨달았다. 사랑에 빠지는 소리는 '풍덩'이라는 걸. 서핑이라니, 사랑이라니. 이 좋은 걸 이제야 알게 되다니. 나는 그날 몹시 분하고 기뻤다.

새벽 4시 45분, 나는 바다에 있다. 역시나 서핑, 서핑 때문이다. 내가 주로 서핑을 하러 가는 곳은 부산 송정해변이다. 처음 서핑을 배운 곳이기도 하고, 집에서 차로 20분이면 닿을 수 있어서 그곳에 가면 마음이 편하다.

다른 해수욕장과 마찬가지로 송정해수욕장엔 7월부터 8월까지 '레저존'이라는 구역이 생기는데, 이는 많은 사람이 이용하는 만큼 안전을 위해 해수욕

객과 레저스포츠 이용객을 분리하기 위함이다(해수욕을 즐기려는 사람은 레저존 바깥쪽 바다에만 입수가 가능하고, 서핑을 하려는 사람은 레저존 안에서만 서핑을 해야 한다). 다만 서핑하는 사람 입장에선 문제가 여러 가지 있다. 우선 레저존을 매년 지속적으로 넓히고 있음에도 불구하고 늘어가는 서핑 수요에 비하면 턱없이 좁다는 것이다. 서핑 수요는 아무래도 여름이 가장 높은데, 성수기에 레저존이 있는 바다를 보면 마치 가두리양식장 같다. 멀리서 보면 정말 펄떡펄떡 서프보드가 날리고 엉키는 것이 보여서 기분이 좋지 않다. 게다가 여름엔 상대적으로 입문자들이 몰리기도 해서, 한 파도엔 한 사람만 탄다는 서핑의 암묵적인 룰이 제대로 지켜지지 않는다. 보드 컨트롤이 안 되다 보니 좁은 바다에서 많은 사람들이 동시에 파도를 타려고 하다 보면 서로 부딪치는 사고가 생길 수밖에 없다. 서핑도 좋지만 안전하고 즐겁게 바다를 즐기는 것이 중요하므로 언젠가부터 웬만하면 이 시기에는 서핑을 하지 않게 됐다(참고로 송정은 여름 파도가 참 아름답기로 유명하다). 그렇다고 한동안 서핑을 뚝 끊을 수는 없는 일. 해결책을 찾은 것은 서핑 선배인 S 덕분이다.

　"새벽에 서핑을 하면 돼."

처음엔 무슨 말인가 싶었다. 그 시간에 가면 사람이 적으니까 레저존도 한산하다는 뜻인가? 그게 아니었다. 레저존이 적용되는 시간은 오전 9시부터 저녁 6시까지이기 때문에, 해가 뜨는 시간부터 오전 9시 전까지는 원하는 포인트에서 마음껏 서핑을 할 수 있다는 이야기였다. 오… 머리를 한 대 맞은 느낌. 그래, 내가 조금만 일찍 일어나면 되는 거였구나.

5월에 서핑에 입문하고 바다만 봐도 침을 흘릴 지경이던, 파도가 없는 날에도 바다에 들어가고 싶어서 바다를 기웃거리곤 하던, 아직 배워야 할 게 많은 초보 시절이었다. 그러니 바다에 마음껏 들어가지 못한다는 사실이 일상에 지장을 줄 정도로 꽤 침울했다. 그런데 조금만 일찍 일어나면 바다에서 실컷 놀 수 있다니. 게다가 여름에는 5시면 동이 트니 적어도 네 시간은 실컷 놀 수 있다. 그렇게 마음을 먹자 그해 여름 새벽이 내게 달려오기 시작했다.

차를 몰고 부산 시내 쪽에서 출발해 송정해변에 거의 도착할 때쯤 마지막 터널 하나를 지나면 오른편으로 저 너머의 바다가 마치 오늘 바다의 예고편처럼 희미하게 보인다. 이 길을 자주 오가는 사람만 눈치챌 수 있을 만큼 풍경은 아주 짧고 옅다. 거기서 바로

구덕포 방면으로 가는 샛길로 우회전을 하면 살짝 가파른 언덕 아래로 훨씬 완연하게 펼쳐진 아침 바다가 훅 내려다보인다. 분명 풍경은 가만히 있고 내가 가고 있는데 풍경이 오히려 내게 확 다가오는 느낌을 받는다(종종 그 앞에서 설레는 마음을 어쩔 줄 몰라 가슴만 쓸어내리곤 한다).

바다에선 이미 몇몇 서퍼들이 조용히 서핑을 하고 있다. 까만 웻수트로 갈아입고 준비운동을 하며 바다를 바라보는 이 시간을 좋아한다. 여름 새벽의 햇살이 붉고 깊게 바다에 스며든다. 이제 나도 서프보드를 들고 바다에 뛰어든다. 사랑하는 것을 바라보는 것도 좋지만 그 속으로 뛰어드는 건 더 좋다는 걸 서핑이 내게 알려줬기 때문이다.

서핑은 하면 할수록 '파도타기'라는 말로는 대체되지 않는 포괄적 의미로 다가온다. 서핑을 삶의 큰 부분으로 받아들이고 난 뒤 얼굴과 표정이 달라진 사람들의 모습을 보면 더욱 그렇게 생각하게 된다. 우리가 흔히 서퍼라고 하면 떠올리는 외모, 가령 까만 피부나 타투, 자유롭고 개방적인 태도 때문이 아니다. 이유는 눈빛에 있다. 사람의 눈에도 윤슬이 인다는 걸 서핑을 하며 처음으로 알게 됐다. 서퍼들의 눈에 바다가 스민 걸까, 혹은 다른 무언가가 그들의 눈을 뜨게 해준 것일까. 나는 자주 그들에게서 맑은 눈빛을 본다. 그리고 그들은 자주 행복하다 말한다. 사소한 일에도 감사하며 미소 짓는다. 그 표정이 사뭇 생경하다 여기면서도 가끔 서핑을 하고 난 뒤 거울에 비친 내 표정을 볼 때면 나도 그들과 같은 듯해 한 번 더 웃게 된다.

　　패들링을 하며 라인업으로 향하는 동안 눈이 마주친 다른 서퍼와 웃으며 인사를 나눈다. 우리는 서로를 잘 모르지만 종종 이렇게 만나곤 한다. 희한하게도 바다에서 알게 된 친구들은 평상복을 입고 있으면 서로를 전혀 못 알아보지만 바다 위에선 얼굴이 또렷해진다. 안녕하세요, 잘 지내시죠. 예, 오늘 새벽 파도가 참 좋네요, 하하. 마침 밀려오는 세트(set)* 하나를 잡은 그가 재빠르게 보드에 올라서서 파도와 함께 먼저 나아간다. 나는 아직 하기 힘든 멋진 라이딩이다. 나는 엄지와 새끼손가락만 펼쳐 그를 향해

* 　비슷한 운동성을 가지고 밀려오는 파도 묶음. 보통 서너 개의 파도가 세트로 온다.

흔들었다.* 그렇다. 이곳은 파도 위, 처음 만난 사람과도 친구가 될 수 있는 곳이다.

　　마침 밀려오는 파도 하나가 분명 나를 위한 것임을 알고 나는 재빨리 서프보드를 돌려 패들링을 했다. 푸시업을 하고 서프보드에 디딘 두 발 아래로 파도의 심장박동 같은 리듬을 느낀다. 레프트(left)** 다. 라이딩을 하며 왼손으로 슬쩍 파도의 결을 만졌다. 좋다. 처음으로 서핑을 했던 그날, 5월 그 바다, 처음 파도와 함께 걷던 순간에도 이랬다. 아, 시작부터 좋으면 어쩌자고.

＊　'샤카(Shaka)'라고 부르는 손인사. 하와이에서 유래된 것으로, 본래는 사랑이나 우정을 의미했으나 지금은 서퍼들 간에 인사와 감사를 전하는 수신호로 쓰인다.

＊＊　파도가 깨지는 진행 방향이 왼쪽인 파도. 반대는 '라이트(right)', 양쪽 다 깨질 때는 '에이프레임(A-frame)'이라고 한다.

운동하는 마음

아홉 살, 태어나 처음으로 배드민턴 라켓을 잡았다. 날렵하고 매끈한 라켓 두 개와 셔틀콕 하나만 있으면 두 사람 사이에 바람이 분다는 걸 처음 알았다. 바람은 셔틀콕과 함께 한 사람에게로 갔다가, 다시 라켓 헤드에서 튕겨 나와 다른 한 사람에게로 방향을 틀어 불었다. 라켓 사이에서 부는 바람은 어린 이마에 송골송골 땀방울이 맺히게 했는데, 그건 짜기보다는 달고 청량했다. 무언가를 열렬히 좋아하는 마음은 '열심'이라는 마음을 향해 운동하려는 성질이 있다. 라켓 사이에서 랠리가 길게 이어질 때, 가쁜 숨과 함께 다가오는 쾌감을 처음 알게 됐다. 아홉 살 나의 세계는 배드민턴 셔틀콕을 따라 움직이기 시작했다. 나는 배드민턴이 좋았다. 너무너무너무 좋았다.

열한 살, 학교에 드디어 배드민턴부가 생긴다고 했다. 혹시 들어가고 싶은 사람이 있으면 손을 들라는 선생님의 말에 손을 번쩍 들었다. 지원한 사람은 방과 후에 학교 체육관으로 모이면 된다고 했다. 수업을 마치고 간 체육관에는 서른 명 정도의 아이들이 와 있었다. 하얀 트레이닝복을 입은 코치 선생님이 사기소개를 하며, 앞으로 6개월 정도는 같은 동작만 계속 반복해야 하는데 괜찮겠느냐는 질문에 친구들은 조금 어리둥절한 표정을 지었다. 다음 날부터 우리는 수업을 마치면 체육관에 모여 함께 뛰거나 어떤 동작을 반복했다. 한 달이 지나자 서른 명은 열 명이 되었고, 두세 달이 지나자 여섯 명만 남았다.

그건 그때까지 배워본 것과는 조금 다른 것이었다. 취미나 방과 후 교실과는 다른 종류의 목표를 가지고 운영하는 팀이었다. 체육이든 음악이든 그림이든 방과 후 활동을 할 땐 선생님이 어떻게든 학생이 따라올 때까지 기다려주지만 거기선 코치 선생님이 정한 목표까지 내가 악착같이 따라가야 했다. 힘들지만 할 만했다.

힘들다는 건 익숙하지 않기 때문이고 익숙하지 않음을 익숙함으로 만들기 위해선 훈련이 필요했다. 당장의 힘듦을 견디고 나면 보상이 주어진다는 것도 알게 됐다. 하루에 몇백 번 같은 동작을 반복해야 했지만, 점점 더 내 클리어는 멀리 날아가기 시작했고, 줄넘기와 계단 오르기를 몇 세트 반복하느라 진이 빠졌지만 점프를 할 때 몸이 더 가볍고 날렵해졌다. 클리어를 완벽히 할 수 있게 되자 스매싱을 배웠고, 헤어핀과 리턴을 제법 잘할 수 있게 되면서 게임이라는 걸 제대로 배우기 시작했다. 게임 플레이어로 코트 안에 들어가는 순간 나이와 성별은 불필요한 것이었고 서로에게 적용되는 룰은 간결했다. 포인트를 더 많이 딴 쪽이 이기는 것이었다.

　5학년 겨울방학이 오기 전, 결국 우리 팀엔 나를 포함해 네 명만 남았다. 운동에 긴 머리카락은 방해가 된다고 해서 싹둑 잘라버렸다. 코치 선생님은 본격적으로 경상남도도민체전과 도대표 결정전을 준비하기 시작했다. 훈련량이 두 배쯤 늘었다. 훈련량이 많아지는 건 그럭저럭 견딜 만했지만 다른 문제가 생겼다. 게임에서 지는 것이 두려워지기 시작했다. 지는 게임은 내용이 어떻든 하나도 즐겁지 않게 되었다. 가끔 전지훈련을 가서 다른 팀과의 게임에서 맥없이 지면 기합을 받곤 했다. 시간이 지날수록, 게임에서 지는 것은 곧 기합으로 이어진다는 것이 두려웠다. 이기는 것 말고 이 기분을 피할 수 있는 다른 답은 딱히 없어 보였다.

　6학년이 되고 얼마 뒤 나간 도체전에선 우리는 1등을 했고, 도대표가 되어 전국소년체전에도 나갔다. 8강에서 떨어지긴 했지만, 신생팀이 여기까지 올라온 것도 대단한 일이었다. 그리고 여름 무렵 한국대표로 일본과의 한일스포츠교류전에도 참가했다.

배드민턴을 비롯해 축구, 농구, 배구 등의 우리 청소년 대표 선수들과 일본 대표 선수들이 일본 미야자키에서 며칠 머무르며 함께 훈련하고, 시합했다. 결과는 모두 한국팀의 승리였다.

승리는 정말로 기쁜 것일까? 나는 백 퍼센트로 기쁘지 않았다. 오히려 탐탁지 않았다. 경기가 모두 끝나고 다 같이 기념사진을 찍는 순간에도 나는 웃지 않았다. 지금 그때의 사진을 보면 어느 팀이 이겼고 어느 팀이 졌는지 구분이 되지 않는다. 일본 친구들이 우리처럼 호되게 훈련을 하지 않는다는 말을 들어서였을까.

우리가 오후 수업을 다 빠지고 하루에 여섯 시간씩 훈련을 하던 것에 비해 일본 친구들은 방과 후 두세 시간 정도만 훈련을 한다고 했다. 우리 팀은 이겼고 일본 팀은 졌다. 그렇지만 표정은 진 쪽이 밝았다. 내가 느끼기에도 우리가 시합에서 이기긴 했지만 크게 기량 차이가 나는 건 아니었다. 무언가 조금 이상했다. 그리고 어떤 결론에 이르렀다. 아, 저 친구들은 우리처럼 지면 혼나거나 기합을 받지 않는구나. 그러니까, 한번쯤 지더라도 괜찮은 거였다. 어떻게든 지지 않으려고 악착같이 살아온 열세 살의 삶이 그 순간 조금 허무해졌다. 힘이 빠졌다. 생각해보면 져도 괜찮다는 마음은 코치 선생님에게 한번도 배우지 못했다. 그러면서도 훈련과 기합이 두려워 주눅이 들면 되레 혼이 났다. 나는 왜 배드민턴을 계속하고 있는 걸까, 의심이 들기 시작했다. 분명 즐거워서 시작한 일인데 그 마음이 점점 희미해져 기억이 나지 않았다.

지거나 실패해도 다시 할 수 있다는 마음을 먼저 배웠어야 하지 않을까? 나는 패배의 좌절감과 기합의 공포를 너무 일찍 배웠다. 물론 나만 겪는 문제는 아니었다. 우리 팀에서 프로 데뷔를 하거나 국가대표가 된 멤버도 있었는데, 그 친구들은 어쨌든 눈앞의 상대 플레이어보다 패배의 공포를 먼저 이겨냈기 때문에 그 자리까지 갈 수 있었을지도 모른다. 그러나 나는 그 여름 이후 배드민턴이 더 이상 즐겁지 않았다.

배드민턴을 결국 관뒀다. 고등학교 때까지 도민체전에 나가긴 했지만 제대로 된 훈련은 중학교 때 진즉 관뒀다. 마지막으로 교장 선생님과의 면담에서 공부가 하고 싶어서 배드민턴을 관두는 것이라고 거짓말을 했다. '아직 배드민턴을 좋아하시만 내일 기합이나 체벌을 받으면서까지 하고 싶진 않아요'라고 말할 용기가 없었다. 재미있는 사실 하나는 대회에서 나한테 매번 지던 다른 학교 친구는 운동을 그만두지 않았다. 우리는 나중에 고등학생이 되어 도민체전에서 만났는데, 예전의 기억이 무색할 만큼 큰 점수 차이로 내가 졌다. 기분이 참 이상했다. 그날 이후 우리는 배드민턴 코트는 물론이고 그 어디에서도 더 이상 만날 일이 없었다.

운동 자체에 흥미를 잃은 채로 꽤 여러 해를 보냈다. 몇 번 시도해봤지만 무슨 운동을 배워도 하나도 즐겁지 않았다. 그래서인지 무작정 걷는 일이 잦아졌다. 유난히 방황이 길었던 대학 시절엔 종일 자전거를 타거나 걷고도 아직 모자란다는 듯 스스로에게 삐딱하게 굴곤 했다.

반항은 그리 오래가지 못했다. 나는 결국 시간에 순응했다. 그럭저럭 살 만한 일상을 선택해 살아오며 가쁜 숨과 함께 땀 흘리며 얻는 환희나 동료애, 승리에 대한 희열 같은 감정들은 모두 내게서 희미해져갔다. 시절은 그것을 아쉬워하지 않을 때 저문다. 나의 시절 하나가 그렇게 저물었다. 내가 포기해버린 것들처럼, 아주 무력하게.

서핑 역시 나에게 기쁨만 준 것은 아니었다. 모든 초보 시절이 다 버퍼링 걸린 영상처럼 모양새가 우습고 순탄하지 않지만, 특히 물에서 하는 운동은 땅에서와 달리 걸음마부터 다시 배워야 한다는 점에서 끈기가 더 필요하다. 서른이 넘어서 다시 배우는 걸음마. 처음 대부분의 시간은 보드 위에 엎드려 엉금엉금 기어가거나 균형을 잃고 떨어져 다시 보드 위로 올라가느라 발버둥을 치는 것이 대부분이었다. 한 시간 동안 어설프게 엎드린 자세를 한 채, 한 번을 일어나지 못한 적도 많았다. 어떤 날에는 출렁이는 바다에서 보드 위에 앉아 온종일 바다만 본 적도 있었다. 그래도 좋았다. 내가 하는 서핑에 대해 잘못됐다고 손가락질하는 사람이 없었다. 파도와 함께 놀다가 중심을 잃고 바다에 빠질 때면, 잠시 물에 빠져 허우적거리다가도 다들 웃으며 일어났다. 실컷 노느라 지치면 뭍으로 나와 조금 쉬었다가, 다시 바다로 돌아갔다. 그렇다고 진지하지 않은 것도 아니었다. 하루 여덟 시간씩 파도를 탄다는 건 그저 장난으로 할 수 있는 일이 아니니까. 서퍼들은 각자 어떤 동작을 계속 반복하고 수정하고 탐구하면서 파도와 좀 더 가까워질 수 있는 방법을 저마다 궁리했다. 파도타기에 실패해도 누구 하나 혼내는 사람은 없다. 그저 바다를 좀 더 알고 싶고 파도의 움직임에 보다 가까워지고 싶은 열망만이 모두를 움직이고 있다. 실패가 아니라 다시 시도할 수 있다는 원동력을 따라서, 그저 한번쯤 짠물을 먹더라도 그것이 나를 어쩌지는 못할 것이라는 해방감을 품고서.

두려움의 꼴

태풍의 기폭제는 분명 무르익은 여름일 것이다. 창밖에선 단단히 뭉쳐진 여름의 입자들이 굉음을 내며 폭죽처럼 터지고 쏟아진다. 오늘만큼은 이 여름이 몹시 두렵다. 오늘 밤 나를 잠 못 이루게 하는 감정, 두려움은 도무지 익숙해지지 않는다. 그 대상이 너무나 막연하고 나를 무력하게 만든다면 더욱.

　　새벽 4시, 폭풍우가 거의 멎었다. 밖은 무사한가 싶어서 창문을 열어보니, 세상의 꼴이 세탁기에서 막 꺼낸, 한껏 쪼그라든 빨래 같아 문득 안쓰럽다. 밤새 들여다본 날씨 앱에선 태풍이 이제 막 동해 어디쯤에서 소멸되었다는 메시지가 뜬다. 태풍은 바로 조금 전까지 세상을 잘게 쪼개놓고서, 스스로 다시 잘게 조각난 여름이 된다.

　　동이 틀 시간이다. 소란을 겪고도 아침은 훤히 온다. 못 이룬 잠을 청하는 대신 카메라와 장비를 챙겨서 바다에 가기로 한다. 바다에 들어가지는 않을 것이다. 물론 그래서도 안 된다. 주의보 이상의 기상예보가 발령되면 함부로 바다에 들어가지 못한다. 입수신고서를 작성하고 들어가는 방법도 있지만 오늘 같은 파도에 바다로 들어가는 건 무모한 짓이다. 오늘은 그저 부산 연안에서 마주하기 힘든 아주 큰 파도를 보기 위해 간다. 예상 최고 파고는 4.5미터. 송정 해변의 파고가 대체로 1미터 미만인 걸 감안하면 그 규모를 가늠하기가 어려울 정도다. 나는 그 파고를 맨눈으로 보고 싶었다. 어쩌면 이 연안에서 있을 수 있는 최대 규모의 사건일지도 모르니. 보자, 그 경계를.

도로 위엔 드문드문 거기에 있지 않아야 할 것들이 흩어져 있어서 운전대를 잡고 그 어느 때보다 조심스레 살피며 나아가야만 했다. 차로 약 20분이면 닿는 거리, 수도 없이 이 길을 오갔는데도 이렇게나 멀게 느껴진 적은 처음이다. 붉은색 신호등이 들어와 잠시 멈춰 기다리는 동안 문득 차창 밖을 보니 어젯밤의 기세를 견디지 못한 가로수 한 그루가 픽 쓰러져 있다. 다시 차를 돌려 집으로 돌아가고 싶은 마음을 여러 번 다독이며 해변에 도착하고 보니 새벽 5시다. 해변엔 집채만 한 파도가 인다. 파랑(波浪)은 어젯밤 내 두려움의 꼴을 하고서, 밀려오고 부서지기를 반복한다.

내가 서핑을 시작하고 나서 가장 무섭고 두려운

건 아이러니하게도 파도다. 서핑 초보 시절 바다에 대해 갖고 있던 맹목적이고 순진한 열망은 파도타기를 실패하며 경험한 갖가지 기억 탓에 일부는 점차 두려움으로 바뀌어갔다. 대부분 실력보다 크고 센 파도에 멋모르고 덤볐다가 나가떨어지면서 누적된 기억에서 비롯된 것이다.

파도는 아무 데서나 부서지는 것 같지만 실은 해변의 지형과 스웰(너울)이 만나 일정한 지점에서 부서진다. 서퍼들이 파도를 잡아 타는 출발점이 바로 이 지점이다. 막 부서지기 시작하는 파도는 힘이 세기 때문에 서퍼는 이 힘을 이용해 딛고 나아간다. 그러나 반대로 깨진 파도를 맞는 수면 쪽에 내가 있다면? 그 에너지 그대로 두들겨 맞게 되는 것이다. 그래서 파도를 잡자마자 균형을 잡지 못하고 서프보드에서 굴러떨어지면 대개 하얀 거품이 생기는 곳 아래로 빠지게 되는데, 여기에 한번 말려들면 수면 위와 아래를 구분하지 못할 정도로 정신을 못 차릴 수 있다. 나 역시 물에 빠져서 물 밖으로 손을 쭉 뻗었다가 거꾸로 바닥을 짚은 것을 깨닫고서 당황한 적이 꽤 많다(서퍼들은 이 지점에서 겪는 일들을 흔히 '통돌이 당했다'고 표현한다). 게다가 파도는 보통 일정한 지점에서 부서지기 때문에, 겨우 수면 위로 올라와 숨을 헐떡거리다가 같은 자리에서 다음 파도에 또 맞을 가능성이 높다. 이때 생긴 아찔한 경험 때문에 서핑을 그만두는 사람도 있다. 테이크오프를 시도했다가 또 실패할지도 모른다는 생각, 그리고 그 실패로 인해 겪어야만 하는 일련의 과정들을 미리 염려하는 마음은 파도타기를 자꾸 망설이게 만든다. 오늘의 파도보다 두려움이 더 커지게 될 때 파도 앞에서 주저하게 되는 것이다. 나의 사사로운 걱정에 아랑곳하지 않고 8초 간격으로 쓸려 오는 파도 앞에서 한동안 나는 온종일 머뭇거리기만 하다가 집으로 돌아오기를 반복했다. 그런 날은 말할 것도 없이 무척 분했다.

마음을 멱살 잡듯 다잡고 파도를 극복해보기로 마음먹은 건 오로지 순도 높은 분노 덕분이다(비슷한 시기에 서핑을 시작한 친구들보다 뒤처지고 있다는 열등감도). 피크(peak)*에서 파도 타기를 주저하는 나 같은 서퍼 덕분에 같은 라인업에 있는 다른 서퍼들은 파도 나눔을 받기도 한다. 졸지에 나는 한동안 바다 위의 자선사업가로 지내야만 했다. 파도를 두려워하는 서퍼라니….

* 파도에서 가장 먼저 깨지기 시작하는 부분.

문제의 원인은 명확했다. 감당하지 못할 파도 앞에서 자꾸만 고꾸라질까 봐 주저하게 된다는 것. 문제를 마주했을 때 해결 방법은 크게 두 가지가 있다. 극복하거나, 회피하거나. 마침 인생에 관한 크고 작은 문제 앞에서 우회했음을 자책하고 한탄하느라 분주했던 나는 적어도 서핑 앞에서만큼은 그러지 않고 싶었다.

어릴 적 운동선수로 지내며 한 가지 제대로 배운 건 운동에는 지름길이 없다는 것이다. 힘들더라도 종일 같은 동작을 반복하는 것이 슬럼프를 극복하는 가장 빠른 길이다. 그러니 일단 아무 생각 말고 실컷 자빠지자, 실패의 아찔함을 좀 더 좋은 기억과 경험으로 덮어버리자고 다짐한다.

평일에 틈틈이 시간을 내서 작은 파도부터 극복해보기로 했다. 이 정도면 파도에 말려들어도 괜찮다거나 파도를 컨트롤할 수 있다는 생각이 들 때까지, 심적으로 감당할 수 있는 바다에만 들어갔다. 물론 그런 날 그런 파도는 서퍼들에겐 재미가 없어서 라인업이 한산했다. 그래서 오히려 좋았다. 우스꽝스러운 모양으로 와이프아웃(wipe-out)*되어도 아무도

---

*   서핑을 하다가 중심을 잃거나 다른 서퍼와 충돌하거나

신경 쓰지 않을뿐더러 파도가 변변치 않은 중에도 아주 가끔 찾아오는 좋은 파도 세트를 독차지할 수 있기 때문이다. 몇 번의 두려운 기억을 오늘의 파도타기로 덧칠하는 동안, 다행히 공포는 점점 옅어지기 시작했다. 그리고 그 자리에 반가운 마음 하나가 찾아왔다. 내가 심적으로 감당하기 어려운 파도 속으로 억지로 들어가지 않는 게 결코 비겁하거나 용감하지 못해서가 아니라는 넉넉한 마음이다.

　　누구에게나 두려움의 크기는 달라서 이토록 애먼 노력이 필요 없는 사람이 있는가 하면 또 누군가는 나처럼 좋아하는 것을 성취하고픈 마음보다 장애물들이 실제보다 더 크게 느껴지기도 할 것이다. 나는 나름의 단계를 시도하면서 이제는 큰 파도에 도전하지 못해서 느끼는 좌절감보다 어떻게든 바다에 뛰어들 수 있다는 기쁨을 더 크게 느낄 줄 알게 됐다(이 글이 부디 비슷한 이유로 서핑을 망설였던 나 같은 사람에게 닿아서, 장벽 너머에 있는 값진 마음들을 놓치지 않으면 좋겠다).

나는 지금 송정해변을 두드리는 거대한 파도를

파도에 휩쓸려 보드에서 떨어지는 것.

바라보고 있다. 내 두려움이 있던 자리에 오늘의 아침이 하얗고 환하게 부서진다. 다시 날씨 앱을 켜고 보니 송정해변의 현재 예상 파고는 몇 시간 전에 확인했던 것보다 조금 줄어든 3.8미터를 기록 중이다. 그 사이에도 파도가 빠르게 잦아들었는지 기록에는 못 미치는 듯하지만, 그래도 3미터는 족히 되어 보인다.

점점 잦아드는 파도를 멀리서 한 서퍼가 바라보고 있다. 그는 뛰어들 수 있는 눈빛을 가졌다.

우중 서핑

서핑을 하던 중에 비가 내린 적이 있다. 예보에 없던 비였다. 서프보드 위로 빗방울이 타닥타닥 소리를 내며 떨어지기 시작했다. 순간 나는 주위를 둘러보았다. 바다 위에서는 어느 누구도 비를 피하려고 하지 않았다. 다들 기분이 무척 좋아 보였다. 지나가는 소나기여서 금세 그쳤지만, 예고 없이 내린 비를 바다 위에서 맞이하던 장면과 기분은 생각보다 훨씬 호화롭고 근사했다.

내가 다니는 서핑숍 벽엔 자주 하는 질문과 답변을 정리해서 적어둔 글이 붙어 있다. 예를 들면 '수경을 쓰고 서핑을 해도 되나요?' 같은 질문(물론 안 된다). 그중에 '비 오는 날에도 서핑을 할 수 있나요?'란 질문도 있다. 나는 샤워를 하고 머리를 말린 뒤 정수기 앞에서 물을 마실 때마다 어쩐지 그 질문과 답을 자꾸 보게 된다. 서핑을 시작한 지 얼마 되지 않았을 때는 당연히 비가 오는 것이 염려되어 한 질문이라 생각했는데, 지금은 비가 올 것이 기대되어 질문을 한 것이 아닐까 하는 생각이 들어서다.

첫 우중 서핑의 기억이 꽤 근사했던 덕분일까. 그 뒤로 자주 비 오는 날에 일부러 서핑을 한 한다. 물론 비가 오면 파도는 그리 좋지 않지만, 좋은 파도를 타는 것만이 서핑의 전부는 아니니까. 나는 서핑을 하며 바다에 둥둥 떠 있을 때 땅 위에 서 있는 사람들을 보고 묘한 쾌감을 느끼는데, 비가 오는 날이면 비를 피해 분주히 움직이는 사람을 보며 물속에서 느긋하게 비를 맞는 기분이 꽤 좋다. 무엇보다 비를 맞으며 서핑을 하면 연약하고 보드랍던 시절의 마음을 다시 만날 수 있어서 좋다. 물과 모래는 움켜쥘 수 없기 때문일까, 쉼 없이 흔들리기 때문일까, 서핑을 할 땐 모든 것이 물렁물렁해진다. 세계가 흐트러진다. 물러진 마음 사이로 한껏 스미는 파도는 종종 나를 어린 시절 그 바닷가와 냇가로 데려다놓고 나를 마구 뒤흔든다. 그 흔들림 역시 서핑이 주는 큰 선물이다.

어른이 되면 단단해진다. 어른은 잘 울지 않기 때문이다. 잘 웃지 않기 때문이다. 단단함을 얻은 대신 우리는 오만하고, 편견으로 가득해진다. 반면 아이는 보드랍고 연약하다. 우리는 대개 이 연약함을 부정적인 것으로 치부하지만, 연약함이란 사실 어디에나 존재할 수 있음이고 무엇으로든 나아갈 수 있음이다. 그러니 연약함은 모든 존재를 품을 수 있는 상태다. 기쁨, 슬픔, 무력함, 환희…. 연약함을 보듬어 잘 간직한 어른이 비로소 시인이 되지 않을까, 생각해본 적이 있다.

어릴 적 비가 내리면 나는 동생과 함께 우산도 없이 놀이터로 뛰어가곤 했다. 다행히도 우리에게 비를 피하라고 핀잔 주는 어른은 없었다. 옷이 젖어서 곤란해지는 건 어른에게만 해당되는 일이다. 어린이는 그저 실컷 놀다가 집에 가서 씻으면 그만이다. 동생과 나는 젖은 손으로 뱅뱅이를 돌리거나, 그네를 타거나, 신나는 기분을 주체하지 못해 젖은 흙바닥을 데구루루 구르곤 했다. 가끔 이름도 모르는 녀석들이 불쑥 나타나 우리의 모험에 함께하기도 했다.

그렇게 한참 놀다가 집으로 돌아온 동생과 나는 따뜻한 물로 샤워를 한 뒤 어린이로서 오늘의 할 일을 완수했다는 듯 TV를 보며 늘어져 있곤 했다. 밖에선 계속 비가 내렸고 나는 곤한 낮잠에 빠져들었다.

시간이 한참 지나 지금 나는 아무리 피곤해도 웬만해선 낮잠을 안 자는 팍팍한 어른이 되었다. 안타까운 일이다. 그 몰랑몰랑했던 마음들은 모두 어디로 사라졌을까. 사자자리 유성우가 떨어지던 날 하늘을 보며 설레며 밤을 지새던 그 어린아이는 도대체 어디로 떠나 돌아오지 않는 것일까. 희한하게도 그날 서프보드 위에서 처음 비를 맞던 순간, 꿈에서 깬 듯

세상이 잠시 낯설어 보였다. 마치 낮잠에 들었다가 이제 막 잠에서 깬 열한 살의 나인 듯했다. 다시 돌아왔구나. 다행이야. 고단하고 팍팍했던, 내 지나온 시절은 모두 꿈이었던 걸까. 나쁜 꿈. 그래, 나쁜 꿈을 꾸었다고 하자. 이제 안심해. 나는 빗속에서 안도했다.

빗물이 세상을 지우듯 출렁이는 파도는 불필요한 것들을 쓸어 간다. 그렇게 주변의 모든 것이 사라지고 비로소 바다 위에 나와 파도만 남는 순간이 온다. 세계는 몇 초 간격으로 흔들리고 다가오고 부서지기를 반복한다. 이곳에선 뭍에선 도무지 지을 수 없는 표정을 지을 수 있다. 마치 다른 사람이 된 것처럼. 연약하고 물렁해진 마음은 나를 자꾸 웃게 한다.

물방울들

지금도 생생한, 어린 시절 기분 좋은 하루가 내게도 있다. 그날은 큰 느티나무 아래 가만히 앉아 바람이 부는 모습을 보았다. 초여름 오후쯤이었던가, 적당한 습도와 바람에 기분이 무척 좋았다. 가끔 시간은 더 디 흐르기도 한다는 걸 그날 알았다. 살면서 그리 자주 오지는 않는 순간이지만.

문득 올려다본 장면 속에서 시간은 점점 느리게 흐르기 시작했다. 나뭇잎 결을 따라 흐르던 바람도, 매초마다 부서지던 햇살도 더 천천히 내게 오는 듯했다. 느리게 흘러가는 그 생생한 장면을 잠시라도 내 것으로 갖고 싶다고 강렬하게 느꼈다. 왜 그랬을까, 나는 손가락으로 네모를 만들어 그 장면 앞에 두었다.

네모 안에 담긴 세계는 이전의 세계와는 조금 달라 보였다. 프레임. 무수히 존재하는 순간들 속에서 내가 손을 뻗어 붙잡은 세계. 고민하여 선택하고 편집한, 어쩌면 유일할지도 모르는 세계. 프레임 안의 세계를 발견하던 순간, 나는 반대로 손가락 너머 그것을 보고 있던 나를 알아챘다. 그렇게 나는 지금 여기에 있고 내 두 눈은 저것을 바라보고 있다는 인식으로부터 내 사진은 출발했다.

생각해보면 중학생 때 며칠 동안 집착하듯 촬영한 것이 내 첫 작업이라고 부를 수도 있겠다 싶다. 그때 나는 물방울을 사진으로 담고 싶다는 열망에 사로잡혔는데 카메라가 없다는 사실을 깨닫고 이내 좌절했다. 그러나 천만다행히도(?) 나는 그때 인류 최강의 불치병이라는 중2병에 걸려 있는 상태였다. 중2병이란 무척 곤란하고 무서운 것이다. 뭐든 꽂히면 집착하는 것이 중대한 병증이라, 나는 이가 없으면 잇몸으로라는 객기로 컴퓨터의 화상채팅용 웹캠을 떼서 촬영하기 시작했다. 다양한 소재의 판 위에 물방울을 떨어뜨리고 웹캠을 이리저리 돌려가며 사진을 남겼고 며칠이 지나자 이제 충분히 해봤다 싶어서 웹캠을 다시 원상 복귀시키고 카메라는 잊었다.

　　왜 하필 물방울이었을까 생각해보면 그림 한 점 때문이었던 것 같다. 큰집 거실에는 티 없이 맑은 물방울이 빼곡히 그려진 커다란 그림이 걸려 있었다. 제사를 지내러 큰집에 가면 나는 그 그림에 물방울이 몇 개인지 세며 딴청을 피우곤 했다. 어린 마음에도 그게 참 멋있어 보였는지 "저건 그림이에요, 사진이에요?", 큰아버지께 물은 적이 있다. 왠지 항상 조금은 무서웠던 큰아버지는 그날 참으로 인자한 얼굴로 내게 이런저런 것들을 얘기해주셨다. 지금은 모두 가

물가물한 기억이지만, 그때 오후의 볕이 집 안 깊숙이 들어와 있었고 그래서인지 참 따뜻했다는 느낌은 잊히지 않는다. 영원히 마르지 않는 물방울들이 벽에 그렁그렁 맺힌 채로.

　　그날 큰아버지의 인자한 얼굴은 내 기억 속에 그 상태로 멈춰 있다(집집마다 존재하는 나름의 불행을 조금은 이해할 나이가 되었을 때 갑자기 큰아버지가 돌아가셨다). 어쨌든 가끔 큰아버지를 그리워하고 내 나름의 방식으로 애도하기도 했지만, 다시 그 집에 갈 일은 없었다. 그래서 그림 속 물방울이 몇 개였는지 평생 셀 방도가 없게 됐다.

　　내가 물방울 그림에 대한 추억을 기억해낸 것도 꽤 최근의 일이다. 물방울 그림에 대한 나의 묵은 기억을 되찾기 전부터 어쩐지 나는 물에 관한 사진 작업을 꽤 많이 하고 있었다는 걸 알게 됐다. 아이슬란드에 몇 달 틀어박혀 눈산과 빙산을 보며 고요를 담는 작업을 한 일도 있고, 모로코의 한 바닷가 마을에서 한 달 동안 서퍼 친구들과 어울리며 바다에 관한 작업을 한 적도 있다. 투명한 유리 소재의 잡다한 것을 모으기 좋아해서 그것들을 모아놓고 사진으로 남기기도 한다. 젖은 이끼나 빗물에 침식된 바위, 눈비 내리는 날, 물속도 사진으로 담고 있다. 빗방울, 파도, 윤슬, 웅덩이, 구름, 땀방울, 바다, 장마, 포말, 사랑⋯ 내겐 다 같은 말로 읽힌다. 사진 작업을 직업으로서 좀 더 진지하게 하게 되면서 사진을 찍을 때는 주로 혼자 있게 됐다. 주변이 고요해진 뒤에야 또렷하게 떠오르는 것들이 있다. 오래 떠오르지 않았던 큰아버지의 얼굴도 그렇게 문득 선명히 다가왔고, 쉽게 떠올릴 수 없을 정도로 묵은, 그러나 꽤 생생한 경험들이 가끔 무의식을 제멋대로 휘두르기도 한다는 걸 알게 됐다.

라켓 대신 카메라를 쥐게 된 삶, 얼핏 다른 듯하지만 결국 예술과 운동은 닮은 면이 많다. 125분의 1초의 셔터스피드로 피사체를 포착하면서 살아 있다고 느끼는 감각과 내 신체가 정교하게 작동하고 있다고 느끼는 감각은 꽤 비슷하다. 수없이 반복해온 습작들이 모여 결국 작품으로 완성되듯 매일 땀 흘리며 반복한 동작들이 승리, 또는 승리에 비견되는 환희로 치환된다(사진 작업은 평소에 스케치 작업을 하는 데 생각보다 시간이 많이 든다). 나는 매일 글을 쓰고, 정리하고, 이미지를 떠올리며 습작을 남긴다. 대부분의 활자와 사진들은 사라질 테지만, 사라진 습작들이 앞으로의 작업을 살릴 것이다.

　비슷한 인식의 순간이 또 있다. 열한 살, 태어나 처음으로 서예학원에 다녔는데, 선생님은 하루 종일(사실 30분 정도지만 초등학생에게는 굉장히 긴 시간이었다) 먹만 갈게 했다. 먹을 다 갈면 선생님은 화선지에 선긋기를 시켰다. 얼마나 오랫동안 이 지루한 행위를 반복했는지 모르겠다. 대부분의 친구들은 이 과정이 지루해서 나가떨어졌다. 그러나 실제로 글씨를 쓰기 시작하면 먹 가는 일이 붓을 들고 획을 긋는 일에 꽤 도움이 된다는 걸 깨닫게 된다. 한 획을 완성하고, 한 글자를 완성하고, 그러다 한 문장을 완성할 수 있는 체력은 선긋기 훈련에서 나온다.

　미술학원에 다니는 친구들도 처음엔 다들 4B 연필을 열심히 깎아가며 선긋기만 한다는 걸 들었다. 나는 비싼 미술학원을 다닐 돈으로 결국 값싼 카메라를 사서 들게 되었지만, 그래도 도화지에 매일 선을 긋듯 카메라 뷰파인더로 하늘에 대고 보이지 않는 선을 그었다. 반복하고, 또 반복했다. 그리고 버텼다. 뷰파인더 안으로 마음에 드는 구름이 나타날 때까지, 멋진 빛이 들 때까지. 몇 번 이사를 하는 동안 원본 필름 대부분이 사라졌지만 나는 안다. 그때 내가 눈으로 그린 보이지 않는 빼곡한 선 덕분에 지금 과감하게 셔터를 누를 수 있게 되었다는 걸. 언제 어떻게 다가올지 모르는 결정적 순간*을 위해, 내 카메라는 오늘도 선긋기를 반복한다.

　서핑 역시 많은 습작이 필요하다. '똑같은 파도는 절대 오지 않는다'**는 말처럼 서핑은 매번 다른 이야기로 나아가는 열린 결말이다. 그 내용과 결말을 어떻게 써 내려갈지는 온전히 파도와 나에게 달렸다. 아무리 좋은 파도가 와도 내가 나가떨어진다면, 아아, 그는 결국 파도에 졌습니다, 하는 시시한 이야기로 끝날 것이다. 그러니 버텨야 한다. 바다 위에서 좋은 파도가 올 때까지 기다릴 줄 알아야 하고, 함께 춤을 출 파도의 손을 꽉 잡고 버틸 줄 알아야 한다. 버티는 힘, 반복하여 나아가는 힘이 여전히 우리를 서핑하게 만든다.

---

*　사진을 예술의 반열에 올린 포토저널리즘의 선구자 앙리 카르티에 브레송(Henri Cartier Bresson)의 사진집 제목, '결정적 순간(The Decisive Moment)'을 인용했다.

**　2020 도쿄올림픽 서핑 종목 결승전에서 해설을 맡았던 송민 감독이 했던 말이다. 당시 아름다운 해설로 굉장한 이슈가 되었다.

비치브레이크 포인트*의 경우 한 시간만 지나도 파도가 부서지는 꼴이 완전히 달라지기도 한다. 시시각각 달라지는 파도와 함께 걷기 위해선 최대한 많은 파도를 겪고, 느껴봐야 한다. 어떤 속도로 걸을 것인지, 재빨라야 할지, 느긋해도 좋을지, 서퍼는 최대한 많은 데이터베이스를 갖고 있어야 한다. 어떤 날에는 바디보드를 타듯 테이크오프를 하지 않고 내내 글라이딩만 하기도 하고, 파도가 없는 날엔 뭍에서 스케이트보드를 타기도 했다. 종일 서핑 영상을 보며 나의 서핑은 어떠면 좋겠는지 상상하기도 했다. 이것 역시 습작이라고 믿으면서.

　　아직 나는 완벽한 파도를 만나지 못했다. 그러나 알고 있다. 언젠가 우리는 결국 만날 테고, 환하게 부서지는 물방울 아래에서 함께 춤을 출 것이다. 그 한 번의 라이딩을 언제 어떻게 만나게 될지 모르겠지만 결국 멋진 결말에 다다르기를 바라고 있다.

---

*　해저가 모래로 된 지형. 쉽게 지형이 바뀌기 때문에 파도가 부서지는 형태도 이에 따라 자주 바뀐다. 한국 대부분의 서프 포인트가 비치브레이크의 성격을 띤다.

파도는 언제 오는가

서핑은 파도가 있어야 할 수 있는 운동이다. 언제든 마음을 먹으면 할 수 있는 다른 운동과는 성격이 조금 다르다. '파도'라는 조건이 반드시 있어야 '서핑'이란 사건도 이뤄질 수 있다.

파도는 뭍을 향해 운동하는 파랑의 힘과 이에 맞서는 수중 지형, 그리고 중력이 만나서 일어나는 복합적이고 총체적인 현상이다. 아주 먼바다에서부터 시작된 여정의 피날레, 서프 포인트는 이 피날레를 함께할 수 있는 파도와 서퍼의 무대인 셈이다.

그렇다면, 파도는 언제 올까? '여름'과 '서핑'이란 단어가 언제부터 함께 붙어 다녔는지는 모르겠지만, 여름에 가장 많은 서핑 수요가 있는 걸 보면 우리는 서핑과 여름과 파도를 쉽게 연관 짓는 듯하다. 그러나 이들이 늘 같은 맥락에 있는 것은 아니다. 파도는 이 거대한 지구에서 일어나는 여러 작은 이벤트 중 하나이고, 이 이벤트는 바다를 움직이는 다양한 힘과 관계에 의해 성립된다. 지구의 원심력과 달의 인력, 지구의 자전과 공전, 기울어진 자전축, 그래서 생기는 계절, 기압과 바람…. 파도는 '그럴 만한 이유가 있어서' 여기에 있기도 하고 없기도 한 것이다. 그러니 서퍼들은 자연스레 지구와 나 사이의 관세도를 사뭇 훑게 된다.

한국엔 크게 두 개의 스웰이 들어온다. '남스웰'과 '북스웰'. 남스웰은 7월과 8월경 남해안으로 들어온다. 가장 대표적인 남스웰 포인트는 제주 중문과 부산 다대포다. 그리고 북스웰은 주로 가을과 겨울에 러시아 쪽에서 동해안으로 들어온다. 울산부터 강원도 고성까지, 동해안에 면한 대부분의 포인트는 북스웰의 영향을 받는다. 그러니 어떤 해변이든, 어떤 계절에는 파도가 아주 없기도 하다는 뜻이다. 게다가 우리나라는 삼면이 바다지만 서해는 중국을 바라보고 있고, 그나마 태평양을 바라보고 있는 동해와 남해 너머엔 일본이 있어서 스웰은 곧장 우리나라로 오지 못하고 어떻게든 에둘러 온다. 그 과정에서 힘이 빠진 스웰은 결국 세력이 약해진다.

그래서 한국의 서퍼들은 자주 여행을 한다. 부산 송정에 파도가 없으면 포항 신항만이나 영덕 부흥해변에 가고, 양양 죽도에 파도가 없으면 부산 다대포에 가서 파도를 맞이한다. 발리로 훌쩍 몇 개월 떠나기도 한다. 오직 파도타기를 위해 긴 여행을 자처하는 사람들이다. 서퍼들은 좋은 파도 앞에서 장거리 여행의 고단함을 금세 잊는다. 또 끈기 있게 기다리는 법을 안다. 바다로 나가기만 하면 늘 파도를 만날 수 있다면 좋겠지만 애석하게도 한 달 내내 파도가 없을 때도 있으니까. 평범한 일상을 살며 파도를 기다릴 수 있을 때, 기다리던 파도가 왔을 때 곧장 바다로 뛰어들 수 있는 마음을 품고 살 때, 우리는 여전히 서핑하는 삶을 살 수 있다. 조급함을 버리는 순간 파도는 온다.

그래서 파도가 있을지 없을지는 어떻게 확인할 수 있느냐고? 서퍼들은 다들 '파도 차트'를 끼고 산다. 파도도 일기예보처럼 어느 정도 예측 가능하다는 뜻이다. 내가 주로 서핑을 하는 해변에 어느 정도 크기의 파도가 어떤 방향으로 들어오는지, 바람의 방향과 풍속은 어떠한지를 파도 차트를 통해 확인할 수 있다. 내 경우는 서핑 매거진 WSB FARM에서 제공하는 파도 차트를 미리 확인하고 바다로 출발하기 전에 실시간 서핑캠으로 실제 파도를 본 뒤 서핑을 갈지 말지 결정하는 편이다. 그 밖에도 기상 예보 앱 윈드파인더(Windfinder)나 윈드구루(WindGURU) 홈페이지를 참고한다(내가 자주 가는 해변을 즐겨찾기 해놓으면 편하다). 처음 파도 차트를 보면 이게 무슨 말인가 싶을 것이다. 차트를 순서대로 한번 살펴보자.

우선 파도가 있나 없나를 확인해야 한다. 파고를 보면 된다. 초보자 기준으로 0.4~0.5미터 이상은

돼야 서핑할 만한 파도가 들어올 가능성이 크다. 그리고 파도가 어느 방향으로 움직이는지를 확인해야 한다. 예를 들어 송정에 북동쪽에서 오는 파도의 흐름이 있다면, 남스웰의 영향을 받는 다대포에는 파도가 없을 가능성이 크다. 그리고 파도 간격을 확인한다. 0.5미터의 파도가 8초 간격으로 오는 것과 3초 간격으로 들어오는 것은 굉장히 다르기 때문이다. 간격이 짧으면 같은 힘을 여러 번 쪼개서 오기 때문에 파도가 거의 없거나 약하다(그래서 서핑하기에 좋지 않다). 그렇다고 파도 간격이 너무 긴 것도 지형에 따라 나쁠 수가 있다. 송정의 경우 몇 년간 지켜본 바로는 9~10초 이상 간격의 파도는 경사각이 너무 커져서 길이 나지 않고 푹 꺼져 바로 부서져버리는, 흔히 덤프(dump)라 일컫는 파도가 되는 경향이 있다. 특히 남스웰보다 북동스웰일 경우에 그렇다. 서핑은 찬찬히 깨지는 파도의 힘을 같은 속도로 따라가며 하는 운동인데, 길이 아예 없으면 제대로 된 서핑을 할 수가 없다. 그렇지만 반대로 다대포에 10초 이상의 파도가 온다면 정말 외국의 서핑 명소 못지않은 환상적인 파도를 즐길 수 있다. 실제로 여름에 가끔 이런 파도가 들어오곤 하는데, 저 먼 라인업에서부터 롱 라이딩을 즐길 수 있어서 이런 날엔 전국의 서퍼들이 다대포에 모여 해변이 북적인다. 이처럼 지역과 지형에 따라 파도를 맞이하는 꼴이 다르기 때문에, 서퍼는 자신이 자주 가는 해변에서 1년 정도는 매일 차트를 들여다보고 공부해봐야 계절별로 어떤 파도가 들어오는지, 그리고 어떤 파도가 내게 맞는지를 조금 알게 된다.

그다음으로 바람을 확인해야 한다. 아무리 파도가 좋을 것으로 예상되더라도 풍속이 너무 강하다면 서핑하기 좋지 않다. 초속 10미터가 넘는 바람을 된바람이라 하는데, 된바람 이상의 바람이 불 때 서핑은 가능하지만 좀 불편하다. 테이크오프를 해도 날리는 머리카락에 앞이 보이지 않는다든가, 라인업에 앉아 있다가 때로 돌풍에 보드가 날아가기도 한다. 가급적이면 초속 5미터 이하로 바람이 불 때 서핑하는 것이 좋다.

바람이 부는 방향도 아주 중요하다. 바다에서 뭍으로 부는 바람은 온쇼어(on-shore), 뭍에서 바다쪽으로 부는 바람을 오프쇼어(off-shore)라고 하는데, 보통 온쇼어일 때 파도가 울퉁불퉁하고, 오프쇼어일 때 파도의 면이 깔끔하고 힘이 좋다. 울퉁불퉁하여 너저분한 파도를 차피(choppy)하다고 표현하는데, 이런 날 서핑을 하면 자갈밭을 지나는 자동차처럼 서프보드가 막 흔들린다. 보통 서퍼들이 새벽에 서핑을 하는 이유도 대부분 이 바람 때문이다. 새벽에는 잔잔한 바람이 불 확률이 높기 때문이다. 게다가 새벽에 서핑을 하면 해가 뜨는 모습을 바다 위에서 볼 수 있다. 이때 기분은 정말 뭉클하다. 태어나서 처음 일출을 본 것만 같이 모든 것이 생경하고 감동적이다.

마지막으로 조수, 즉 간조와 만조가 언제인지 확인해야 한다. 동해안의 경우 조수에 크게 영향을 받지 않지만, 서해의 만리포나 남해 다대포처럼 간조와 만조의 차이가 굉장히 큰 서프 포인트는 간조와 만조가 언제인지 잘 확인해야 한다. 대부분의 서프 포인트에서는 미드 타이드(mid tide), 즉 만조에서 간조로 바뀌는 시간이나 간조에서 만조로 바뀌는 시간에 파도가 좋다.

이렇게나 장황하게 써놓았지만, 사실은 파도가 살짝 꿈틀거리기만 해도 침 흘리며 바다로 뛰어가는 서퍼가 대부분이다. 나 역시도 그렇다. 사실 파도가 좋고 안 좋고는 그리 중요하지 않다. 오늘 서핑을 했나 안 했나가 중요할 뿐. 파도가 좋으면 좋은 대로 즐겁게 서핑할 것이고, 파도가 나쁘면 또 나쁜 대로 공부가 될 것이다. 나는 종종 파도가 없는 날에도 서프보드를 들고 바다에 간다. 패들링 연습을 할 수도 있고, 무엇보다 그냥 바다에서 노는 게 기분이 좋기 때문이다. 가끔 파도가 아주 없는 줄 알았는데 깜짝 파도가 오기도 한다. 그럴 땐 정말 감사하고 기분이 좋다. 내가 이렇게나 감사할 일이 많은 사람이었나 싶어질 정도다. 그저 재미 삼아 하는 운동이라기에는 내 삶을 너무나 크게 뒤흔들고, 삶을 대하는 태도라고 하기에는 아드레날린으로 나를 너무나 쉽게 휘두르는, 서핑은 너무나 까탈스러운 상대다. 그러나 무엇이어도 좋고 무엇이 아니어도 좋다. 언제라도 좋으니 그저, 나는 바다에 갈 수만 있다면 좋겠다. 나의 바다에는 늘, 오래도록 서핑이 있었으면 좋겠다.

그저 더 오래 서핑을 하고 싶었을 뿐*

*   웻수트 브랜드 '오닐'의 창업자 잭 오닐(Jack O'Neill)의
    말을 인용했다.

처음 열 번 정도는 서핑숍에서 장비를 몽땅 빌려서 서핑을 했다. 보통 보드와 웻수트를 함께 대여해준다. 갖고 다니기엔 부피가 큰 것들이라, 숍에서 빌리면 편하긴 하다. 그렇지만 자주 서핑을 하다 보면 렌털비가 부담되기 시작한다. 그때쯤 슬슬 이런 생각이 든다. 이 돈이면 내 장비를 마련하는 게 좋지 않을까?

그렇다고 서프보드를 선뜻 사기에는 좀 이른 듯하다. 클래식 로깅 스타일이 좋을지, 퍼포먼스 스타일이 좋을지 고민이 된다. 혹시 숏보드를 좋아하게 될지도 모르고. 아무래도 보드 소재나 스타일에 관해 좀 더 공부가 필요하다. 이때 만만한 것이 '웻수트'다. 맞다. 서핑할 때 입는 시꺼먼 잠수복 같은 그것.

웻수트는 미국의 잭 오닐이 서핑을 할 때 물속에서도 체온을 유지할 목적으로 만들었다. 하와이처럼 따뜻한 지역에선 수트 없이도 늘 서핑을 할 수 있지만, 캘리포니아 북부 해안만 해도 겨울엔 수온이 떨어져서 서핑을 하기 곤란했던 모양이다. 그는 합성고무의 일종인 네오프렌으로 몸을 감쌀 수 있는 수트를 만들어 테스트하기 시작했고, 그렇게 1950년대 소, 세계 최초의 웻수트를 완성했다. 그저 서핑을 더 오래 하고 싶었을 뿐이라는 그의 마음 덕분에 전 세계의 서퍼들이 이제 겨울에도 서핑을 할 수 있게 되었다. 참고로 잭 오닐은 서핑을 하다가 안타깝게도 사고로 한쪽 눈을 실명했다. 그래서 늘 검은색 안대를 하고 다녔는데, 그의 모험가적 기질이 더해진 덕분인지, 사진을 보고 있으면 마치 해적선의 선장 같아 보인다. 그래서 한때 브랜드 심벌이 안대를 한 오닐의 얼굴이었다. 잭 오닐은 2017년에 세상을 떠났지만 그의 삶 자체는 여전히 오닐이라는 브랜드의 정체성으로 남아 있다.

자, 그래서 오닐의 웻수트를 사면 되는 거냐고? 아니다. 웻수트도 70년을 허투루 보내지 않았다. 우선 브랜드가 꽤 많이 생겼다. 지금은 한국에서 자체적으로 개발하고 생산하는 브랜드도 있다. 게다가 환경문제에도 관심을 쏟으면서 네오프렌을 만드는 방식도 다양해졌고 체온 보호를 위해 수트 안쪽에 기모를 넣는 등 기호에 맞춰 여러 브랜드에서 다양한 방식으로 라인업을 만들어 제작하고 있다.

수트를 고를 때 가장 먼저 확인해야 할 것은 수트의 두께다. 1mm부터 6mm까지 다양하다. 얇을수록 입고 벗기엔 편하지만 체온 유지가 덜 되고, 두꺼울수록 체온 유지가 잘되지만 입고 벗기가 힘들다.

서핑하는 곳의 수온에 맞는 적당한 두께의 웻수트를 입으면 된다. 그런데 우리나라에는 사계절이 있다. 참고로 부산의 기온 연교차가 25도 정도다. 전 세계적으로 알아줄 만큼 기온 편차가 심한 나라에서 서핑을 하기로 결심했으니 계절별로 한 벌씩은 마련할 각오가 필요하다.

주변에 물어보니 보통 봄가을용 한 벌, 여름용 한 벌, 겨울용 한 벌로 최소 세 벌을 마련해야 한단다. 여름에는 그냥 수영복을 입고 서핑을 해도 된다. 그렇지만 웻수트 자체가 약간 부력이 있어서 와이프아웃되어 바다에 빠졌을 때도 안심이 되는 데다, 태닝이 안 되어 연약한 맨몸 상태로 수영복만 입고 서핑을 하다가 피부에 화상을 입은 적이 있는 나는 아무리 더워도 팔과 다리를 다 가릴 수 있는 웻수트를 입기로 했다. 내가 구입을 진지하게 고려했던 시점은 가을이라, 가을용과 겨울용을 먼저 구입하기로 했다.

막상 구입하기로 마음을 먹고 보니 웻수트 두께 표기가 조금 이해가 가지 않았다. 단순히 수트 두께만 표기되어 있지 않고 한 종류에도 4/3mm, 3/2mm 하는 식으로 두께가 이중으로 표시가 되어 있다. 이유를 물어보니 보통 팔 부분은 패들링을 편하게 하기 위해서 몸통보다 1mm 얇은 원단으로 제작을 하기 때문에 '몸통 부분 두께/팔 부분 두께'의 형식으로 표기한다고 한다. 그래서 앞자리 숫자, 즉 몸통 기준으로 수트 두께를 고르면 된다. 부산 다대포는 겨울에 파도가 거의 없기 때문에 고려 대상에서 제외하고, 송정의 수온은 가장 차가울 때도 10도 밑으로는 잘 안 떨어지기 때문에 겨울용은 5mm 수트를 입으면 된다. 그리고 봄과 가을에는 4mm 수트를 입으면 적당하다고 한다.

한 가지 더 알아두어야 할 것이 있다. 웻수트를 다 입고 여미는 방식의 차이다. 가장 흔한 게 등에 달린 지퍼를 목덜미 부분까지 쭉 당겨서 여미는 백집(back-zip) 방식이고, 가슴 쪽에서 여미는 체스트집(chest-zip) 방식도 있다. 백집 수트가 체스트집 수트보다 조금 더 저렴하지만 체스트집 방식이 수트 안쪽으로 물이 덜 들어가기 때문에 체온 유지에는 더 유리하다. 아무래도 겨울용은 체스트집이 좋을 듯하지만 가격 차이가 있어서 조금 고민됐다. 나는 결국 모두 백집으로 결정했다. 풀수트 백집 4/3mm 한 벌, 그리고 5/4mm 한 벌.

형태를 정했으니 이제 적당히 마음에 드는 브랜

드를 찾아 구입만 하면 되었다. 나는 당당하게 백화점으로 갔고, 평소 좋아하던 서프 브랜드 매장에서 웻수트 가격표를 보며 잠시 절망했다. 당연히 구입하지 못했다. 웻수트 두 벌에 백만 원을 당장 쓸 용기는 없었기 때문이다.

서핑 친구들에게 웻수트 사러 백화점에 갔다는 이야기를 했더니 역시 엄청나게들 웃었다. 지금 생각하면 너무 성급했고, 내가 찾아간 곳이 비교적 고가 전략의 브랜드이기도 했다. 그래도 결국에는 잘 참았다. 사실 나는 예전에 자동차가 필요해졌을 때 다짜고짜 자동차 매장에 가서 계약 후 (할인 없이) 일주일 만에 차를 받은 전력도 있다. 생각해보니 당시 매장 담당자분은 가만히 앉아 있다가 차를 한 대 팔았으니, 정말 로또 맞은 기분이었을 것이다(나는 아직까지도 선행을 베풀었다고 생각하고 있다). 시대 변화에 살짝 뒤떨어진 내 머리는 늘 '뭔가가 필요하면 당장 그것을 파는 곳에 가서 산다'는 단순한 로직을 구동한다. '다양한 유통 경로'라는 것을 빠뜨린 채로.

들어보니 당시에 웻수트는 보통 해외 직구를 하거나 국내에 들어와 있는 서프 브랜드 온라인 매장에서 구입을 한다고 했다. 아무래도 미국과 호주 브랜드가 많다 보니 현지에서 직접 구입하는 것이 저렴하긴 하다. 그렇지만 웻수트 한 벌이 기본 20~30만 원을 훌쩍 넘기기 때문에 관세가 붙으면 국내 판매가와 거의 비슷해지는 경우도 있다. 게다가 배송받기까지 시간도 많이 걸리고 실제로 보고 살 수 없기 때문에 아무리 사이즈 표가 나와 있어도 체형에 딱 맞으리란 보장이 없다. 그러니 차라리 국내에서 판매 중인 서프 브랜드의 웻수트를 인터넷이나 오프라인 매장에서 구입하는 것이 낫다. 예전엔 국내에서 판매하지 않는 것이 대부분이라 해외 직구를 해야만 했는데, 지금은 송정해변 주변만 해도 다양한 브랜드의 서프보드와 서핑 용품을 취급하는 곳이 꽤 늘어서, 실물을 보면서 상담받고 구입하기가 훨씬 좋아졌다.

그렇지만 내가 웻수트 구입을 고려한 시점은 때마침 11월이었다. 그리고 11월엔 그것이 있다. 해외 직구가 굉장히 즐겁고 유용해지는 기간, 필요 없던 것도 사고 싶어지는, 1년에 딱 한 번 오는 그것, 바로 블랙프라이데이 기간이다. 몇몇 미국 쇼핑몰을 뒤져서 결국 원하던 형태와 사이즈의 수트를 찾았는데 놀랍게도 가격은 한 벌당 (당시 환율로) 10만 원 정도였다. 무려 50퍼센트 이상 할인된 가격이었다. 받아보는 데 열흘 정도 걸렸으니 기다릴 만도 했다. 물론 겨울용 5mm 수트는 아무리 잘 여며도 물이 자꾸 들어오는 바람에 도무지 오래 서핑을 할 수가 없어서 결국 당분간 서핑숍에서 좋은 것을 빌려 입기로 했다(겨울 서핑을 열망하는 서퍼들은 겨울용 웻수트에 절대 돈을 아끼지 말기를 바란다).

지금 내가 갖고 있는 웻수트는 여름용 풀수트 3/2mm 한 벌, 봄가을용 풀수트 4/3mm 한 벌, 겨울 용 풀수트 5/4mm 한 벌, 그리고 아주 무더운 여름용 으로 레깅스와 재킷 형태로 된 투피스 웻수트 한 벌, 이렇게 총 네 벌이다. 사실 상의와 하의가 분리된 투 피스 형태는 추천하고 싶지 않다. 아무리 웻수트를 잘 여며도 센 파도에 말리면 민망해지는 경우가 있기 때문이다. 비키니를 입고 서핑을 하는 것도 경력 있 는 서퍼가 아니라면 말리고 싶다. 나도 딱 한 번 해본 적이 있는데, 일단 왁스 칠을 한 보드 위에서 자꾸 맨 살이 쓸려서 불편했고 선크림을 잘 발랐는데도 화상 을 입어서 며칠 꽤 고생스러웠다. 물론 웻수트를 입 지 않고 서핑을 하면 패들링도 굉장히 수월하고 몸이 자유로워서 편하다. 완벽하진 않지만 화상을 피할 방 법도 있다. 바로 태닝이다. 미리 알맞게 몸을 잘 구워 놓으면 화상을 입을 염려가 많이 줄어든다. 그래서 여름이 오면 노련한 서퍼들은 미리 태닝을 한다. 여름 다대포에선 가무잡잡한 피부의 남자 서퍼들이 흔히 보드숏이라고 하는 반바지 수영복을 입고 여름 서핑을 즐기는 모습을 자주 볼 수 있다. 계절에 관계없이 한결같이 시커먼 잠수복 같은 풀수트를 입고 서핑을 하는 나로선 굉장히 편해 보여서 부럽다. 얼마나 잘 벗고 서핑하는가. 여름 서핑이 주는 자유로움과 즐거움 중 하나다.

반대로 겨울이 되면 얼마나 잘 껴입는지가 관건이다. 앞서 말했듯 백집 웻수트는 체스트집에 비해 수트 안으로 물이 많이 들어가기 때문에 겨울 서핑을 자주 할 생각이라면 좀 더 좋은 옵션의 웻수트를 구입하기를 추천한다. 기왕이면 체스트집이 조금 더 좋고, 수트 안쪽에 기모가 얼마나 들어가 있는지도 잘 확인해봐야 한다. 사실 가장 좋은 건 개인 맞춤형 수트를 구입하는 것이다. 기성제품은 아무래도 내 체형에 딱 맞기 어렵다. 팔이나 다리 부분이 너무 길 수도 있고 어깨 부분이 맞지 않아 패들링이 불편할 수도 있다. 맞춤 수트는 안 그래도 수트 두께가 두꺼워져 힘든 겨울 서핑을 좀 더 편하게 만들어줄 수 있다. 그리고 손을 보호해주는 글러브와 기모 안감의 부츠 역시 겨울 서핑의 필수품이다. 우리나라는 겨울 파도의 질이 좋기 때문에, 시장처럼 북적이는 여름의 라인업을 좋아하지 않는 서퍼라면 겨울 서핑을 적극적으로 추천하고 싶다.

아, 미리 고백하자면 두꺼운 웻수트는 입기도 어렵지만 벗기는 정말 힘들다. 가끔 나는 겨울 서핑을 하고 난 뒤 샤워실에서 잘 벗겨지지 않는 수트를 붙들고 미친 사람처럼 욕을 하며 싸우기도 한다. 발이 퉁퉁 부은 탓에 꽉 달라붙어 벗겨지지 않는 부츠와 5분 넘게 사투를 벌인 적도 있다. 두 시간 서핑보다 20분의 샤워가 더 힘든, 애증의 겨울 서핑. 결국 다 벗겨낸 겨울용 웻수트, 글러브, 부츠, 수영복과 함께 샤워실 바닥에서 나뒹굴고 있는 나는 잠시 처량하다. 그렇지만 오래전 서퍼들이 기름 먹인 스웨터를 입거나 바세린을 온몸에 바르고 덜덜 떨며 서핑하던 시절을 떠올리면, 이 모든 게 얼마나 고마운 일인가, 절로 감사하게 된다. 좀 더 오래 바다에 있고 싶었을 뿐이라던 잭 오닐의 오래전 그 열망까진 못 되어도, 겨울 서핑을 하다 보면 '그럼에도 불구하고' 내가 이 모든 일들을 사랑하고 있음을 느낀다. 고맙습니다, 오늘도 서핑을 할 수 있어서. 다시 한번, 고맙습니다.

매직 보드는 어디에

나는 아직 나의 '매직 보드'를 찾지 못했다. 첫 서프 보드를 잘못 샀기 때문이다. 너무 공부 없이 친구가 쓰는 보드를 무턱대고 따라 샀는데, 알고 보니 내가 하고 싶은 서핑 스타일과 완전히 다른 지향점을 가진 보드였다. 서프보드 가격이 기본 백만 원은 훌쩍 넘기 때문에 일단 구입을 하고 나면 쉽게 물릴 수가 없다. 그래서 나는 지금의 보드를 처분하고 다른 보드를 살 기회를 호시탐탐 노리고 있다.

서프보드를 구분하는 가장 쉬운 방법은 길이별로 나누는 것이다. 흔히 롱보드(long board), 중간 길이의 펀보드(fun board), 짧은 숏보드(short board)로 나눈다. 나는 롱보드와 펀보드에 대한 경험만 있으므로 롱보드를 기준으로 설명을 해보겠다.

우선 롱보드는 대회 기준으로 통상 9피트(약 270센티미터) 이상의 보드를 말하는데, 우리나라 대부분의 서퍼들이 롱보드로 서핑을 한다. 아무래도 우리나라 해안의 파고가 비교적 낮기 때문인 듯하다. 롱보드는 숏보드나 펀보드에 비해 부력이 높고 안정적인 데다 패들링이 편하고 작은 파도도 잘 잡힌다. 차후 숏보더로 전향을 하더라도 보통 롱보드에서부터 차차 길이를 줄여가며 훈련을 하기 때문에 어쨌든 한국에서 서핑에 입문할 땐 롱보드를 가장 먼저 접할 수밖에 없다.

롱보드 중에서도 보드 윗면의 표면이 폭신한 스펀지로 마감된 서프보드를 흔히 소프트탑보드(soft top board)라고 하는데, 서핑숍에서 입문 강습용 또는 렌털용으로 주로 쓴다. 소프트탑보드의 가장 큰 장점은 부력이 커서 아무리 패들링을 어설프게 해도 어지간해서는 크게 흔들릴 염려 없이 안정적으로 서핑을 즐길 수 있다는 것이다. 그래서 내가 물에 빠져 허우적거리고 있을 시간을 제법 아껴준다. 그리고 와이프아웃되어 보드를 놓쳐버리는 순간에는 사고 위험이 굉장히 높은데 이때 소프트탑보드의 경우에는 나 또는 타인을 치더라도 딱딱한 보드에 비해서 충격이 조금 덜하다(그렇다고 맞아도 괜찮은 건 아니다. 가속이 붙은 보드는 종류 불문하고 항상 위험하기 때문에 서퍼는 반드시 보드 간수를 잘해야 한다).

나에게 잘 맞는 보드에 대한 확신이 생기기 전, 그리고 기본기를 확실히 익힐 때까지는 서핑숍에서 보드를 빌려 타기를 추천한다. 빌리는 비용이 부담이긴 하지만 무거운 보드를 매번 들고 다닐 필요가 없고 구매 전에 다양한 보드를 부담 없이 경험해볼 수 있다.

나는 서핑을 시작한 지 6개월쯤 지났을 무렵 보드를 구입해야겠다고 마음먹었다. 그때까지 구입을 조금 망설인 데는 어떤 보드를 구입할 것인지에 관한 고민도 있었지만 그보다 보관 문제가 컸다. 커다란 롱보드를 매번 차에 싣고 이곳저곳 옮겨 다니는 서퍼들도 있긴 하지만, 대부분의 서퍼들은 자주 서핑하러 가는 해변 근처의 서핑스쿨 또는 서핑숍에 보드를 보관한다. 보통 1년 또는 반 년 기준으로 보관료가 책정되어 있는데, 보관 기간에는 언제든 보드 보관이 가능할 뿐만 아니라 샤워 시설도 자유로이 이용할 수 있다. 나의 경우 처음 다녔던 서핑숍은 해변과 가깝기는 했어도 시설이 협소하고 관리가 잘되는 편은 아니었어서 좀 더 안전하게 보드를 보관할 수 있으면서 샤워 시설도 잘 갖춰진 서핑숍을 찾는 데 시간이 필요했다(태풍 때문에 보관했던 서프보드가 날아간 사례를 들은 탓도 있다). 물론 가장 좋은 서핑숍은 집에서 가까운 서핑숍이고, 그다음으로는 친구가 다니는 서핑숍이지만, 선택지가 여러 개 있다면 마음이 편한 곳으로 가는 게 좋다. 무려 20년이 넘은 우리나라 최초의 서핑스쿨, 롱보드 국가대표 코치가 운영하는 곳, 서프보드를 직접 수입해 판매하는 곳, 커뮤니티가 잘 운영되는 곳, 숏보드 선수가 운영하는 곳 등 송정해

변에만도 정말 다양한 서핑숍이 있어서 더욱 고민이
됐다. 서핑숍은 렌털비와 샤워비를 내면 누구든 이용
할 수 있으니 여러 군데 이용해본 뒤 자신에게 맞고
편한 곳으로 가길 추천한다. 나는 오래 서핑을 해온
분께 추천을 받은 덕분에 나와 잘 맞는 서핑숍을 찾을
수 있었고, 그곳에서 서프보드를 구입하고 보드 보관
료까지 낸 뒤 미리 자리를 배정받아 두었다.

　　서핑에 어느 정도 몸이 익어서 제대로 서핑을
하기로 마음을 먹고 서프보드 구입을 고려하고 있
다면 이제 소프트탑보드를 졸업하고 하드보드(hard
board)로 넘어갈 차례다. 소프트탑보드는 친절하다.
누구든 물에 뜨게 하고, 누구든 서핑을 쉽게 할 수 있
다는 믿음과 즐거움을 준다. 그러나 거기까지다. 물
론 서핑을 정말 잘하는 서퍼들은 소프트탑보드로도
여러 기술을 구사할 수 있지만(캘리포니아 말리부에
서 행텐(hang ten)*을 하는 것도 봤다), 그들은 널빤
지를 갖다줘도 서핑을 할 수 있는 종족이기 때문에 논
외로 하자. 소프트보드로는 방향을 획획 틀거나 보드

---

*　발가락 열 개 모두를 보드의 앞쪽 끝(노즈)에 얹고
　라이딩을 하는 롱보드 고급 기술.

위에서 걷는 등 다양한 롱보드 기술을 구사하기에 역부족인 게 사실이다. 그래서 하드보드의 세계로 넘어가게 되는 것이다. 하드보드는 소프트탑보드와 달리 말 그대로 딱딱한 재질의 보드를 통칭하는데, 소프트탑보드보다 훨씬 가볍고 날렵해서 다양한 기술을 제대로 연습하고 구사할 수 있다. 그렇지만 더 깊이 들어가보면 하드보드의 세계도 재질이나 디테일에 따라서 정말 다양하게 나뉘어 있다.

롱보드는 서핑의 목적에 따라 크게 두 가지로 나눌 수 있다. 서프보드 아래쪽에 있는, 배로 치면 키잡이 역할을 하는 작은 지느러미 모양의 핀(fin)의 개수를 기준으로 싱글핀을 쓰는 레트로 롱보드(retro longboard)와 핀을 세 개(트러스터핀 혹은 트라이핀이라 부른다) 쓰는 하이퍼포먼스 롱보드(high-performance longboard)가 그것이다. 그 밖에도 레일(rail)*의 형태, 보드의 무게 배분 방식에 따라 세분화해서 구분하지만 일단은 이해하기 쉽게 핀의 개수를 기준으로 두 가지로 나눴다.

클래식 스타일의 레트로 롱보드는 핀과 레일을

---

* 서프보드의 가장자리.

이용해 보드 뒤(테일)를 파도에 걸어두고 보드 앞뒤로 왔다 갔다 하는 로깅(logging)*을 지향한다. 서퍼들이 롱보드 노즈 끝까지 가서 발가락 다섯 개 또는 열 개 모두를 걸고 서핑을 즐기는 노즈라이딩(nose-riding)**을 사진으로나마 한번쯤 접한 적이 있을 것이다. 이것 역시 클래식 롱보드 기술이다. 내가 좋아하는 서퍼들도 대부분 클래식 스타일의 서핑을 하는데, 그들이 서핑하는 모습을 보면 정말 가볍고 우아해 보인다.

하이퍼포먼스 롱보드의 움직임은 숏보드와 닮았다. 파도 면에서 보드가 아래로 자연스레 미끄러지는 형태로 나아가기 때문에 아래쪽으로 나아가다 위로, 다시 아래쪽으로 떨어지다가 위로 올려주듯 각도가 큰 턴을 하는 등 파워풀한 서핑을 한다. 몇 년 전까지만 하더라도 서핑 대회에선 하이퍼포먼스 스타일의 선수들이 좋은 점수를 받았지만, 롱보드는 숏보드의 아류가 아니고 다양한 서핑 스타일을 존중해야 한다는 여론이 주목을 받으면서 최근 롱보드 서핑의 경향은 클래식 스타일을 따르고 있다.

* 롱보드 위에서 이동하면서 중심을 잡는 기술.
** 노즈에 매달려 나아가는 기술.

지금이야 조금씩 공부하고 주위들은 내용들 덕분에 피벗핀 하나 달린 레트로 롱보드 9.1피트 이상이 나에게 맞는다고 확신하지만 맨 처음 보드를 고를 땐 클래식이니 퍼포먼스니 아무리 들어도 바다에 가면 침 흘리며 실실 웃느라 아무것도 귀에 들어오지 않았다. 그래서 결국 친구가 타던 9.1피트짜리 트러스터 올라운드 보드를 따라 사버리고 만 것이다. 그때만 해도 나는 내가 크고 센 파도를 그렇게나 무서워하게 될 줄은 몰랐고, 내가 사버린 보드는 그나마 센 파도에서 파도가 잘 잡히는 보드란 것도 몰랐다. 일단 파도가 잡혀야 서핑을 할 텐데, 평상시엔 파도가 잘 안 잡히니 파도를 다 내어주고, 파도가 잡혀도 두려움 탓에 탈 기회를 놓쳐버리니 막심한 손해였다. 결국 2년 정도를 파도 위에서 고꾸라지고 울고 속상해하다가 깨달았다. 아, 이 보드는 나랑 안 맞는구나. 깨달음 후에 마침 생활이 바빠져서 1년 이상 서핑을 오래 쉬기도 했고 보드를 중고로 팔려고 내놔도 잘 팔리지 않아서 아직까지 갖고는 있는데, 아마 이 책을 낼 때쯤 골칫덩어리 보드는 정리하고 나에게 꼭 맞는 새 롱보드를 구입해 신나게 다시 서핑을 즐기고 있을지도 모른다.

그래서 결론은! 보드 구입을 생각하고 있는 서퍼라면 섣불리 결정하지 않았으면 좋겠다는 것이다. 돈이 조금 더 들긴 하지만 서핑숍에는 렌털용 하드보드도 있기 때문에 기왕이면 이것저것 자주 타보라고 권하고 싶다. 그리고 깊이 파고들수록 어려울지도 모르지만 공부를 많이 했으면 좋겠다. 이때 좋아하는 서퍼를 찾아보는 것도 방향과 목표 설정에 도움이 된다. 서핑이 잘 풀리지 않던 시기에 나는 서핑 영상을 정말 많이 봤다. 데번 하워드(Devon Howard), 조엘 튜더(Joel Tudor), 해리슨 로치(Harrison Roach)의 영상을 많이 봤고, 그들의 영상과 칼럼을 자주 보다 보니 클래식 스타일 서핑을 굉장히 동경하고 지향하게 됐다. 외국의 서퍼들은 자신의 서핑을 영상으로 많이 남겨두는데, 서핑을 하는 부분도 좋지만 보통 집에서부터 서프포인트까지 여행하듯 뮤직비디오처럼 기록을 해서, 그들의 영상을 보고 있으면 내가 여행을 하고 있는 듯한 기분이 들어 좋다. 실제로 서프 트립을 가서 촬영한 영상들도 꽤 많다. 한국에서는 양양에 있는 안재형 서퍼와 성보경 서퍼의 서핑을 굉장히 좋아한다. 그들의 영상을 보고 있으면 서핑에 대한 애정과 그들에 대한 팬심이 마구 솟아나는 기분을 느낀다.

사고자 하는 서프보드의 종류가 정해졌다면 여러 서핑숍을 다니면서 상담을 많이 받아봐야 한다. 내가 아무리 공부를 많이 하더라도 서핑숍 사장님만큼 많이 알기는 어렵기 때문이다. 같은 브랜드의 서프보드라 하더라도 모델에 따라 디테일이 어떻게 다른지, 그래서 실제 서핑에 어떻게 적용될지, 자주 가는 해변의 파도와 잘 맞을지 물어보는 게 좋다. 생각해둔 스펙의 중고 매물이 있는지 찾아보는 것도 좋다. 온라인 서핑 커뮤니티를 통해 주로 거래가 되는데, 신제품보다 가격 면에서 부담이 덜한 것이 가장 큰 장점이거니와 가끔 우리나라에서 판매되지 않는 매물이 나오기도 한다. 그 경우 서퍼가 발리나 캘리포니아 같은 곳에 서프 트립을 가서 직접 사 온 것일 가능성이 높다. 코로나 이전 시기에는 이렇게 직접 해외에 서프 트립을 가서 비교적 저렴한 가격으로 서프보드를 들여오는 경우가 많았다고 한다. 가끔 유명 셰이퍼(서프보드 제작자)가 소량 생산한 서프보드가 커뮤니티에 매물로 나오기도 한다.

나도 이제야 매직 보드 찾기라는 여정을 위한 공부가 조금 된 듯싶다. 언제 어떻게 내게 올지 모르겠지만 부디 이번엔 서로 좋은 친구가 될 수 있기를.

다양한 방식으로

나는 한때 야구 덕후였다. 사실 별다른 흥미가 없다가, 2011년에 고향인 마산에 야구팀이 생긴다는 소식을 듣고부터 묻지도 따지지도 않고 바로 팬이 되기로 마음을 먹었다. 지금 정식 팀명은 창원 NC다이노스지만, 마산 어시장의 명물인 아구*(정확히는 아구찜이 아닐까)를 밀어주자는 의견 때문에 잠깐 NC 아구스가 될 뻔했다. 솔직히 팀 이름이 아구스였다면 나는 야구 덕질을 안 했을지도 모른다. 덕질을 시작한 덕분에 나는 일주일에 한 번 이상 야구장에 가고 퇴근 후 약속이 없으면 늘 야구 중계를 챙겨 보는 삶을 선물받았다. 그리고 2021년, 이런저런 사정과 고대하던 NC의 첫 플레이오프 우승을 기점으로 10년에 걸친 덕질을 졸업했다.

누군가는 야구가 지루하다고 한다. 축구처럼 직관적이지도 않고, 농구처럼 스피드하게 쿼터가 진행되는 것도 아니고, 안타가 나와도 점수로 이어지지 않을 확률이 더 큰 게임. 그렇지만 나는 아홉 명의 선수가 9회까지 한 회 한 회 함께 써 내려가는 이야기를 지켜보는 게 흥미진진하고 좋았다. 가끔 생각지 못한 타자가 대타로 나와서 만루홈런을 치기도 하고,

---

*   표준어는 '아귀'지만 사투리 그대로 옮겼다.

10 대 0으로 지고 있던 게임이 9회 말에 뒤집히기도 하니까. 마치 주인공이 매번 바뀌는 옴니버스 드라마 같다고 할까.

한창 서핑에 빠져 있을 무렵 일 때문에 부산에서 경주로 이사를 오게 됐다. 생활이 분주해져서 이전보다 서핑을 자주 못 가게 되었는데, 그즈음부터 서핑 중계를 챙겨 보기 시작했다. 실제로 서핑을 하는 것과 서핑 경기를 보는 건 다르지만 서핑을 하러 가지 못하는 데서 오는 스트레스가 경기를 보는 것만으로도 생각보다 꽤 누그러졌다. 게다가 프로 선수들의 서핑을 보다 보니 무엇보다 공부가 많이 된다. 중계 분위기가 이전에 보던 프로야구와 사뭇 다른 것도 재밌다. 서핑은 지상파에서 중계를 해주지 않기 때문에 유튜브 라이브 방송으로 생중계되는데, 그래서인지 경기 해설자나 진행자가 굉장히 편한 옷차림을 하고 나온다. 예를 들면 하와이안셔츠 같은 것. 중간중간 선수들을 인터뷰할 때도 질문자와 선수들 모두 약간은 어설픈 감이 있는데 그것 나름대로 서핑의 자유로움이 묻어나서 좋다.

전 세계적으로 크고 작은 서핑 대회가 자주 열

리고 있지만 가장 인기 있는 프로 경기는 세계프로서 프리그(WSL)에서 주관한다. 공식 홈페이지에 게시되어 있는 일정표를 보면 호주, 미국, 에콰도르, 인도네시아, 칠레, 모로코, 프랑스 등 꽤 다양한 곳에서 경기가 열린다. 현재 개편된 리그는 크게 챔피언십투어(CT), 챌린지시리즈(CS), 퀄리파잉시리즈(QS), 세 가지로 분류된다. 그중 챔피언십투어가 세계 최정상 서퍼들의 무대다. 서핑이 처음 올림픽 정식 종목으로 채택된 지난 도쿄올림픽 때 메달을 딴 이탈로 페헤이라(Italo Ferreira)와 카노아 이가라시(Kanoa Igarashi)가 바로 이 리그에서 뛰고 있다. WSL 챔피언십투어는 연간 총 열 번의 공식 경기를 통해 포인트를 많이 획득한 순으로 순위가 결정되고 9월에 열리는 한 번의 결승전을 통해 최상위 다섯 명 중에서 우승자를 가려낸다. 챌린지시리즈와 퀄리파잉시리즈는 서핑 루키를 위한 무대다. 지역별 퀄리파잉시리즈에서 1위와 2위를 한 선수가 챌린지시리즈에 참가할 수 있는 자격을 얻게 되고, 챌린지시리즈에서 우수한 성적을 낸 선수가 이듬해 챔피언십투어에 참가할 자격을 얻게 되는 시스템이다. 참고로 이는 모두 숏보드 경기를 전제로 한다. 아직은 숏보드의 인기가 압도적으로 우세해서, 서핑 산업은 숏보드를 중심으로 움직인다. 그렇지만 최근 롱보드에 대한 관심이 높아지고 클래식 스타일도 존중하는 쪽으로 분위기가 바뀌고 있다. 특히 세계프로서프리그에서도 롱보드 투어를 활성화하기 위해 전설적인 클래식 롱보더 데번 하워드를 총괄 디렉터로 영입하고 훌륭한 선수들을 리그에 참가시키면서 2019년부터 적극적으로 롱보드 리그를 운영하고 있다.

사실 지금도 호주 시드니의 서핑 성지, 맨리 비치에서 열리고 있는 WSL 롱보드 투어 결승전을 보면서 글을 쓰고 있다. 예상했던 대로 최근 롱보더 중 가장 멋진 기량을 보여주고 있는 호주 서퍼 해리슨 로치가 결승에 올라왔다. 나는 그가 서프보드 위에 있을 때 느껴지는 자유로움과 여유, 그리고 유쾌한 서핑 스타일을 좋아한다.

해리슨 로치는 호주 누사 비치 근처에서 자랐기 때문에 어릴 적부터 해변에서 많은 시간을 보내며 자연스레 서핑을 하게 됐고, 서핑에 재능이 꽤 있다는 걸 일찍부터 알았다. 어떤 서프보드를 만나도 모두 잘 탔기 때문이다. 그냥 잘하는 정도가 아니라 16세에 주니어 숏보드 챔피언과 롱보드 챔피언을 동시에 따냈다. 그렇지만 대부분의 롱보더들이 그렇듯 롱보드 대회가 요구하는, 숏보드처럼 역동적이고 화려한 기술을 지향하는 서핑 스타일에 점차 회의감을 느끼게 되었다. 하지만 당연히 대회에서는 클래식 스타일로 보드 위에서 나비처럼 사뿐사뿐 걷는 기술보다 화려한 턴이 좀 더 좋은 점수를 받았다. 하이퍼포먼스 롱보더가 대회에선 유리했던 것이다. 그러나 롱보드와 숏보드가 우열을 가릴 수 있는 대상이 아니고 각자 다른 방식으로 즐기는 서핑을 존중해야 한다는 목소리가 점차 많아지면서 채점 방식에도 변화가 생겼고, 감사하게도 지금 우리는 프로 롱보드 대회에서 조엘 튜더와 해리슨 로치 같은 멋진 서퍼들의 서핑을 감상할 수 있게 됐다.

서핑 경기는 보통 30분의 시간이 주어지고 라이딩 회수의 제한은 없다. 서퍼가 파도를 잡고 라이딩을 하면서 여러 레퍼토리로 기술을 선보이는 동안 다섯 명의 심판이 기술 점수를 매기는데, 10점 만점을 기준으로 가장 높은 점수와 가장 낮은 점수를 제외한 나머지를 더해 평균 점수를 부여한다. 해당 선수들이 모두 서핑을 마쳤을 때 가장 높은 평균 점수 두 개를 더해 높은 쪽이 이긴다. 물론 다양하고 좋은 기술을 선보이고 마무리까지 잘하면 좋은 점수를 받을 수 있지만 그보다도 서핑은 절대적 기준이 없고 상대평가로 이뤄지기 때문에 만약 파도가 안 좋은 상황에서도 좋은 내용의 서핑을 하고 끝까지 잘 마무리한다면 그 선수는 훨씬 좋은 점수를 받을 수 있다.

롱보드 투어 결승전이 한창 진행 중일 때 라이브 방송 채팅창을 보니 시끄럽다. 역시 어딜 가든 악플러는 있다. 몇몇 유저가 "으, 지루한 롱보드", "도대체 숏보드 결승 경기는 언제 하는 거야" 같은 댓글(원글을 굉장히 순화시켜 옮겼다)을 계속 올려대고 있다. 그냥 무시해도 될 텐데 반대쪽에선 고맙고 수고스럽게도 "조용히 하고 해리슨의 서핑을 봐", "쟤바다에 그냥 넣어버리자" 같은 유쾌한 댓글이 이어진다.

결국 해리슨 로치가 꽤 높은 점수를 받고 지난 시즌 4위를 기록한 영국의 벤 스키너(Ben Skinner)를 가볍게 이겼다. 둘은 작년 캘리포니아 말리부에서 열린 롱보드 투어 준결승에서 마지막으로 만났는데, 그땐 벤 스키너가 결승에 올라갔다(결국 롱보드의 전설 조엘 튜더가 단 세 번의 라이딩으로 우승했지만). 작년엔 코로나로 인해 많은 경기가 취소된 데다 이번 시즌 첫 롱보드 투어라 무척 관심 있게 중계를 봤는데, 역시나 즐거웠다. 올해 롱보드 투어는 다섯 경기가 더 남았다. 아직 챙겨 봐야 할 경기가 더 많이 있다는 사실에 기분이 무척 좋다.

역동적이고 현란한 서핑을 즐기는 숏보드 팬들에게 롱보드는 지루할지도 모르는 종목이다. 그러나 20년이 넘는 시간 동안 여러 운동을 경험하면서 한 가지 알게 된 것이 있다. 롱보더의 부드러운 로깅과 유려한 드롭니컷백(dropknee cutback)*, 그리고 행텐으로 이어지는 아름다운 레퍼토리를 보면서 내가 환호할 줄 알게 되었을 때, 9회 초 우리 팀 마무리 투수가 상대 팀 3-4-5번 타자를 직구로 정면 승부해서 아웃카운트를 잡아내고 9회 말 끝내기안타로 비기고 있던 게임을 승리로 뒤바꿔놓았을 때처럼, 내 삶은 이전보다 더 풍성해졌다. 풍년에 도둑 없듯 내 풍요로운 마음은 태도를 바꾼다. 마음이 이전보다 건강해졌음을 알아챘던 건 내 주변에서 일어난 어떤 비슷한 사건을 두고 내가 예전과 달리 '그럴 수 있지'라고 생각했을 때였다. 내게도 삶에 관한 룰이 있듯 상대에게도 어떤 룰이 있을 테니, 그 방식을 존중할 수 있겠다는 마음이 자연스럽게 생겼다. 무엇이 나를 바

---

*   무릎을 굽히고 자세를 낮춰 파도가 부서지는 지점을 향해 다시 돌아오는 회전 기술.

꾸었는가. 나는 여러 운동을 경험한 덕분이라고 믿는다. 그 덕에 마음이 열린 것이라고 믿는다. 우리에겐 다양한 게임의 룰을 경험하는 것이 필요하고, 그 경험을 바탕으로 각각 다른 조각들로 채워지고 세워질 우리의 세계는 꽤 근사할 것이다.

롱보드 결승전이 모두 끝나고, 여덟 시간짜리 파도 영상을 틀어놓고 다시 글을 쓰기 시작한다. 해리슨의 라이딩이 잔상에 남아 들뜬 마음이 누그러지지 않는다. 클로즈아웃되는 파도를 마무리하고 랜딩하면서 유쾌하게 박수를 치던 모습이라든가, 너무나 쉽고도 아름답게 서프보드 끝으로 나아가 노즈라이딩을 하던 모습, 웃음, 여유, 즐거움까지. 정말 멋진 사람이다. 나도 다시 집중을 하고 쓰던 글을 이어 간다. 여전히 워드프로그램 옆에 틀어놓은 영상 속에선 하얗고 환하게 파도가 부서진다. 이 영상이 누군가에겐 따분할지도 모르겠다. 그러나 이제 내 삶에 더 이상 같은 파도란 존재하지 않게 됐다. 그 낱낱함을 알아챌 수 있게 되어서 너무나 행복한 여기, 서퍼 한 명이 글을 쓰고 있다.

오늘 내 세계의 끝에는

지도를 펼쳐놓고 오래 바라본다. 세상에서 가장 거대한 파도가 인다는 포르투갈의 나자레에서 시작해 스페인의 갈리시아, 영국의 콘월, 노르웨이 로포텐 제도…. 여러 해변을 거쳐 결국 손가락은 모로코의 한 작은 마을에 다다랐다. 모로코? 모로코에 간다는 건 한 번도 생각해보지 못했다. 미안하게도 워낙 아는 게 없어서. 그래도 일단 비행기편을 검색해본다. 생각보다 저렴하다. 어느 순간 나도 모르게 교통편이라든가 숙소들을 검색하기 시작했고 그러다 사진 한 장을 봤다. 파도 사진. 저 먼 곳에서부터 해변까지 일정한 간격으로 느슨하게 부서지는 파도를 담은 사진 한 장이었다. 설레었다. 모로코에 가자.

불과 며칠 전까지만 해도 나는 아이슬란드의 스카가스트론드라는 작은 마을에서 몇 달째 머물고 있었다. 그곳의 아티스트레지던시* 기간이 끝나자마자 모로코로 왔다. 비행기로 아이슬란드 레이캬비크에

---

*   예술가 특정 지역 또는 장소에 일정 기간 동안
    거주하면서 예술 활동을 할 수 있도록 지원하는 프로그램.
    예술가는 물질적인 지원을 받으며 작업에 매진할 수 있고,
    예술가를 지원하는 주체와 지역사회는 해당 지역의 발전을
    꾀할 수 있다.

서 영국 런던으로, 그리고 다시 모로코 아가디르로. 예약을 해둔 덕분에 아가디르 공항 출구에서 택시 기사를 바로 만날 수 있었다. 그는 내 이름을 적은 종이를 들고 흰 이를 활짝 드러낸 채 웃고 있었다. 웰컴 투 모로코. 다시 타가주트로 간다.

생전 처음 느끼는 이 나라의 공기는 따뜻하고 건조하다. 내 주변을 둘러싼 한낮의 공기는 이제 25도쯤 된다. 아이슬란드에 있을 땐 5도 정도였는데, 며칠 사이에 20도 이상 차이가 나니 이상하다. 아이슬란드를 떠나며 함께 지내던 동료 아티스트들에게 난 이제 아무것도 필요가 없다고 너스레를 떨었다. 정말로 몇 달 지내기 위해 챙겨 온 짐과 두꺼운 겉옷들을 런던에서 한국으로 모두 부쳐버렸다. 챙겨야 할 짐이 적을수록 여행은 가뿐하고 좋다. 이제 내 세간은 40리터짜리 배낭 하나가 전부다. 그것도 다 채우지 않은.

숙소 주인의 이름은 모하메드. 젊은 남자다. 살짝 치근덕거리는 게 거슬리긴 하지만 친절한 사람이다. 어제 그에게 서핑 강습을 잡아달라고 부탁을 했다. 모로코에서 서핑이 처음이니 이 바다에 관해 이것저것 궁금한 것들을 물어보고 싶었다. 아침 9시쯤 픽업을 온 서핑 강사는 미국인 커플과 나를 차에 태우고 마을 아래에 있는 해변이 아닌 숙소에서 10킬로쯤 떨어진 한적한 바닷가로 갔다. 우선 웻수트로 갈아입고 8피트가 조금 못 되는 펀보드를 하나씩 받았다. 한국에서 타던 보드가 9피트 조금 넘으니 길이가 대략 1미터 정도 차이 난다. 보통 모로코에선 이 정도 길이로 시작하느냐고 물으니 당연히 다들 숏보드로 넘어가기 때문에 이게 적당하다고 한다. 파도가 워낙 힘이 좋으니 이해가 간다.

주의해야 할 것들에 관해 조금 듣고 함께 바다에 들어갔다. 소프트탑보드라 부력이 좋긴 하지만 아무래도 펀보드는 처음이라 패들링을 할 때마다 균형을 잡느라 온몸에 바짝 힘이 들어간다. 엉금엉금, 또는 뒤뚱뒤뚱. 간신히 라인업을 서서 함께 파도를 기다렸다.

"Try it!"

강사가 소리친다. 다가오는 파도를 가리키며 내게 시도해보라고 한다. 보드를 돌려 패들링을 한다. 잠시 후, 초보 티를 벗지 못한 가소롭고 다급한 패들링이 무색하게 파도가 여유 있게 내 보드 뒤를 꽉 잡아 휙 민다. 나는 미끄러진다. 북대서양의 면면을 따

라. 용기를 내 두 손바닥으로 태양을 딛는다. 나는 온몸을 스스로 끌어안는 기분으로 일어난다.

처음 서핑을 배웠던 순간처럼 발바닥 아래로 많은 감각들이 느껴진다. 그때와 조금 달라진 것은, 내가 이 감각들을 이용해 뭔가를 할 수 있다고 믿게 된 것이다. 파도와 내 몸 사이에 어떤 교류가 생긴 이후부터, 또렷하지는 않지만 우리 사이에 어렴풋하고 미묘한 관계가 만들어졌다. 아직은 나의 일방적인 추종이었다. 그렇지만 오늘만큼은 내가 먼저 그 관계에서 먼저 나아가는 쪽을 택해본다.

발꿈치에 살짝 힘을 주고 시선을 오른쪽으로 틀어보았다. 보드가 부서지는 파도의 방향을 따라 오른쪽으로 비스듬히 나아가기 시작한다. 8피트 펀보드는 아주 빠르고 자유롭게 파도의 면을 따라 나아간다. 오른손을 뻗어 파도를 만졌다. 사이드라이딩. 와, 모로코에서 사이드라이딩을 했다!

사이드라이딩은 서핑의 가장 기본이 되는 기술이다. 파도의 힘은 곧장 전진하는 듯하지만 사실 지형에 따라 오른쪽 또는 왼쪽 사선으로 찬찬히 부서진다. 이때 부서지는 파도의 힘을 이용해 서퍼가 같은 속도로 나아가는 것이 사이드라이딩의 핵심이다. 테이크오프를 하면서 몸의 무게중심을 이용해 좌 또는 우로 보드의 방향을 튼 뒤 서퍼는 차차 부서지는 파도의 속도로 나아가며 여러 가지 기술을 구사한다. 사이드라이딩은 그저 옆으로 나아가는 것이 아니라 파도와 함께 걷는다는 것을 뜻한다. 직진이 아니라 사선으로 나아간다는 점이 무척 마음에 들었다. 틀어진 지구의 축만큼 세계도 우리도 좀 더 비스듬해도 좋을 것이다.

한국에선 그렇게 연습해도 잘 안 되더니 역시 좋은 파도에서 배우는 건 좋구나. 그러나 감격하기에는 무섭도록 순식간에 지나간 나의 처음. 곧 중심을 잃고 풍덩 소리를 내며 와이프아웃됐다. 괜찮다. 어떤 순간은 너무나 강렬해서 평생 잊히지 않기도 하니까. 내가 기억하는 한 그 순간은 영영 사라지지 않으니까. 나는 짠물을 뱉으며 수면에 고개를 쳐들고 웃었다.

그날 모로코에서의 첫 서핑에 흡족하고 기분이 좋았던 나는 배가 고픈 것도 잊고 종일 바다에서 놀았다. 줄어든 세간만큼 생활이 자유롭고, 줄어든 보드의 크기만큼 영혼이 자유롭고, 허기진 만큼 행복에 가까워질 것만 같은, 옆으로 흐르는 이곳에서의 삶. 사이드라이딩을 하는 동안 용기를 내어 손을 뻗고 파도의 표면을 만졌다. 손가락 사이로 느껴지는 촉감은 무척 생생했다. 이 세상에 지금 내가 살아 있다는 감각이란 '아름답다'라거나 '짜릿하다' 같은 형용사가 아닌 '있다', '보다', '느끼다' 같은 동사로 온다. 그러니 우리는 자꾸 움직여야 한다. 우울이나 불행에 가만히 잠식당하지 않기 위해, 그리고 저 행복을 따라잡기 위해. 그렇게 어떻게든 움직일 때, 세상과 어떤 관계를 맺고 작동할 때, 비로소 진실로 살아 있는 것인지도 모른다.

타가주트에서 다시 임수안으로 이동한다. 차편이 여의치 않아서 택시로 이동하는데, 택시 기사는 내게서 택시비를 많이 챙긴 모양이다. 가는 동안 자꾸 콧노래를 흥얼거린다.

임수안은 타가주트에 비해 훨씬 조용한 동네다. 심지어 현금지급기도 없다. 숙소 주인 말로는 이 동네가 조만간 뜰 것이라고 한다. 자신도 런던에서 호텔리어로 오래 일하다가 이곳 정보를 듣고 얼마 전에 숙소를 차렸다고 했다. 어쩐지 그의 영어 발음이 꽤 듣기 편했다.

체크인을 하고 곧장 바다를 보러 간다. 바다는 절벽 아래에 있다. '티 없이 투명한'이란 말과 '거칠다'란 말을 동시에 쓸 수 있을지는 몰랐는데, 여기엔 정말로 투명한 바다가 거칠게 밀려온다. 기쁘다. 나는 이제 파도를 보기만 해도 기뻐하는 사람이 됐다. 서핑 덕분이다. 두 뺨으로 바람에 맞서 발끝으로 온 바다를 딛는 일. 내일은 꼭 바다에 들어갈 것이다.

임수안은 툭 튀어나온 곶을 중심으로 두 곳의 서프 포인트가 있다. 성당 포인트라고 불리는 곶 오른쪽은 큰 파도가 곧장 와서 부서지기 때문에 숏보드를 타는 사람이 많다. 그리고 베이 포인트라 불리는 곶 왼쪽 깊숙한 만으로는 한 번 깨져 비교적 완만해진 파도가 밀려와서, 숏보더는 물론 펀보드를 타는 초보자들과 롱보더까지 각자 다양한 서핑을 한다. 모로코에 오기로 결심한 건 이곳 임수안의 베이 포인트 사진 한 장 때문이었다. 임수안은 사진보다 훨씬 아름답고, 정말 멋진 파도가 인다.

며칠 뒤 베이 포인트에서 서핑을 하다가 친구를 사귀었다. 친구의 이름은 아우마르. 아가디르 사람이다. 서핑을 시작한 지 1년밖에 되지 않았는데도 정말 멋진 라이딩을 하는 친구다. 아직 사이드라이딩밖에 못하는 나로선 그의 서핑이 정말 부러웠다. 우리는 조류에 떠내려가던 한 서퍼를 도와주다가 바다 위에서 만났다. 길을 가다가 우연히 만나 친구가 되는 것도 참 어려운 일인데, 바다 위에서 만나 친구가 되었단 사실이 새삼 아름답게 느껴진다. 인연이라는 말은 영어로 어떻게 말하더라. 아우마르를 포함해 그날 사귄 친구들과 함께 우리는 사막에서 놀았다. 사막의 모래를 덮고 누워 한참 동안 저녁 노을을 보았다. 친구들은 내게 '별'과 '바다'와 '반짝이다'라는 말을 아랍어로 알려주었다.

무라카미 하루키의 수필집 『먼 북소리』에 '월드 엔드(세상의 끝)'라는 단어가 등장한다. 저마다 세상의 경계가 다르다는 그의 노련한 이야기를 떠올리며 내가 확장해온 세계를 생각한다. 허술해도 아름다운 그림이 있듯, 아직 빈곤하기 짝이 없지만 나의 세계 하나쯤은 그렇대도 좋을 것이다.

오늘 내 세계의 끝엔 붉게 저무는 해가 있고 사막이 있고 푸른 눈을 한 나의 친구들이 있다. 서핑 한 번 하려고 이 먼 아프리카까지 온 나도 신기하지만, 검은 눈을 한 이방인을 이토록 금세 친구로 맞는 이들도 신기한 노릇이다. 아무것도 모른 채 아우마르는 콧노래를 부른다. 오래전 점성술사가 해준 말이 문득 떠올랐다. 내가 여행하며 전생의 친구들을 자주 만나게 될 것이라고. 잠시 그 말을 믿고 싶어졌다.

겨울 서핑

추운 겨울이 되면 강원도 해안가엔 북동스웰이 가 닿는다. 인적 없는 해변 위로 흰 눈이 펑펑 내리고, 아무도 밟을 리 없는 소복한 눈밭을 한 서퍼가 지나간다. 매끄럽고 힘 있게 부서지는 파도와 눈처럼 부서지는 포말. 서퍼는 마치 계절을 거슬러 가듯 천천히 바다로 가 파도를 마주한다. 부서지는 파도가 서퍼인지, 흘러가던 사람이 파도가 된 것인지, 점점 모호해진다.

김동기, 김성은 감독의 다큐멘터리 〈윈터서프(The Winter Surf)〉 중 한 장면이다. 몇 년 전 이 작품을 처음 보고 감동해서 며칠을 앓았다. 다큐는 총 2부작으로 제작되었는데, 1편이 2015년에, 2편이 2018년에 발표되었다. 주제는 한국의 겨울 서핑. 명료한 제목답게 주제 역시 간결하다. 김동기 감독이 수중촬영 전문가로서 독보적인 커리어를 쌓아왔고, 오랜 세월 서핑에 푹 빠져 지내온 만큼 영상은 굉장히 아름답고 섬세하고 노련하다. 또한 인터뷰이들에 대한 애정 덕분에 내용 역시 울림이 크다. 혹독할 정도로 추운 계절에 촬영된 영상이지만, 김동기 감독 특유의 슬로모션 기법과 서정적인 표현으로, 마치 뭉클한 시 한 편을 읽은 듯 마음이 따뜻해진다. 천천히 부서지는 파도처럼 그의 영상은 사람의 마음을 천천히 저 먼 곳으로 흘러가게 하는 힘이 있다.

반가웠다. 겨울에도 서핑을 하는 사람이 있다는 사실이, 그리고 겨울에도 서핑을 할 수 있다는 사실이. 우리는 왜 서핑을 하는가에 대한 질문의 답을 희미하게나마 발견한 기분마저 들었다. 나는 아직 정답을 모르지만, 어쩌면 영상 속 그들은 그 답을 발견했기 때문에 그곳에 있는지도 모른다. 그때부터, 그리고 지금까지 나는 겨울 서핑을 동경하고 있다. 서프보드를 하필 겨울에 산 탓도 있지만, 〈윈터서프〉를 본 뒤로 나는 자주 겨울에 혼자 부산 송정이나 포항 영일신항만 바다에 몸을 담그게 됐다.

나는 복잡한 라인업을 좋아하지 않는다. 아이러니하게도 송정은 늘 북적이기로 유명한 해변이다. 그렇다고 집 근처에 송정해변을 두고 수많은 서퍼들을 피해 매번 다른 해변으로 서프 트립을 갈 수도 없는 일이다. 되도록 평일에 서핑을 하고 주말에는 일부러 서핑을 하지 않기로 했다. 그래도 파도가 좋은 날이면 평일에도 바다가 북적인다. 그러다 겨울 서핑을 만났다. 아무도 없는 송정해변에서 나는 처음으로 마음 편히 서핑을 했다. 라이딩을 하다가 혹여나 앞사람을 치지 않을까 하는 염려 하나 없이, 그리고 저 파도를 다른 사람에게 뺏기지 않을까 긴장할 필요 없이. 비록 이 좋은 걸 안 덕분에 복잡한 라인업을 피해 모두가 떠난 겨울 바다를 기다리는 비겁한 사람이 되어버렸지만, 그래도 좋다. 나의 비겁함이 누군가의 서핑에 어떠한 해도 끼치지 않을 테니.

2019년 1월 2일에도 나는 서핑을 했다. 바다는 이제 내 놀이터였다. 시꺼먼 수트를 입고 혼자 서프보드를 들고 가는 나를 보곤 흠칫 놀라면서도 짐짓 아무렇지 않은 척해주는 사람들의 시선을 느꼈다. 여름이면 몰라도 한겨울에 서핑을 하는 모습은 여전히 조금 이상하게 느껴질 것이었다.

날짜를 정확히 기억하는 건, 인상적인 파도와 서핑 내용 덕분이다. 서핑을 시작하고 송정에서 만난 파도 중 내게 가장 이상적인 파도를 그날 만났다. 힘이 있지만 아주 매끄러워서 서프보드를 컨트롤하기 좋은 파도를 흔히 글라시(glassy)하다고 표현하는데, 처음으로 이 표현에 딱 맞는 파도를 만난 거다. 송정해변은 피리어드(period)*가 9초 이상 넘어가면 파도가 클로즈아웃(close-out)되는 경향이 있다. 희한하

---

*   파도가 오는 간격.

게도 그날은 피리어드가 꽤 길었음에도 불구하고 길이 잘 났다. 한창 사이드라이딩을 연습하던 때였는데, 오른쪽으로도, 왼쪽으로도 보드가 잘 돌아가서 무척 신이 났다.

그날 가족들과 저녁을 먹으며 TV를 보는데 "이렇게 한겨울 매서운 추위 속에도 서핑을 즐기는 사람이 있습니다" 하는 앵커의 말과 함께 이어지는 뉴스 자료화면에 익숙한 송정 바다가 나왔다. 노란색 소프트탑보드 위에서 휘적휘적 엉성한 패들링으로 파도를 잡는 사람, 아무리 봐도 나였다. 나는 순간 밥숟가락을 떨어뜨리고 푸하하 웃고 말았다. 뉴스에 큼지막하게 나왔다는 것보다 충격적이었던 건 패들링을 '저 따위로' 하고 있었단 사실이었다. 내 서핑하는 모습을 영상으로 촬영해서 고쳐야 할 점을 체크하는 걸 '서핑 리뷰'라고 하는데, 공중파 뉴스 덕분에 나는 난생처음 공짜로 서핑 리뷰를 받은 셈이었다.

겨울 서핑을 종종 한다고 하면 사람들은 춥지 않냐고 자주 묻는다. 수온은 기온에 비해 천천히 변하므로, 영하의 날씨에도 오히려 물속은 따뜻해서(바깥 기온에 비해 덜 차갑다는 거지 실제로 따뜻하지는 않다) 그럭저럭 괜찮다는 교과서적인 대답을 들려줘도 대부분은 잠시 갸우뚱한 표정을 짓는다. 사실 기온이 가장 떨어지는 12월과 1월보다 2월과 3월의 수온이 더 낮다. 실제로 국립해양조사원 및 국립수산과학원이 제공하는 자료에서도 2021년 12월 송정 수온은 13~16도, 2022년 1월엔 12~15도를 기록했는데, 이와 비교해 2022년 2~3월 수온은 11~13도 정도였다. 그렇다고 아주 춥지 않은 것은 아니다. 미국 블랙 프라이데이 시즌에 저렴하게 산 내 겨울용 웻수트는 몸에 딱 맞지 않아서 와이프아웃될 때마다 목과 소매 사이로 바닷물이 조금씩 스민다. 처음 한두 번은 괜찮지만 체온이 떨어진 상태에서 이것이 누적되면 추위 앞에서 점점 곤란해진다. 게다가 젖은 뺨 위로 찬 바람이 불 땐 정말 볼이 터질 것만 같다. 평소 같으면 서너 시간 정도는 거뜬히 바다에서 보낼 수 있지만 겨울에는 입수 후 한 시간만 지나도 몸이 으슬으슬하다.

그래도 추위 속에서만 건질 수 있는 것이 있다. 고요. 특히 고요 속의 겨울 파도는 모두가 잠든 새벽에 홀로 끄적이던 시, 홀로 남겨진 방 안에서 담담히 부르던 노래, 아무도 듣지 않아도 좋던 그 노래를 닮았다. 그 노래를 떠올리다 보면 어느새 파도는 나를

다시 피크 아래로 떠밀고, 오른쪽으로 사선을 그리며
미끄러져 내려가는 바다 위에서의 짧은 생은 클로즈
아웃되며, 파도는 이내 물거품이 된다. 그리고 그 고
요 속에서 파도는 삶이란 언제나 한 방향으로 나아가
고 언젠가는 닫힌다고 읊조린다.

바다 사용료

가끔 큰 비가 지나가고 나면 바다에 온갖 것들이 떠다닌다. 비닐봉지, 캔, 플라스틱병…. 부유하는 것들이 결코 내 것이 아니라고 감히 말하기 어렵다. 그런 날 서핑을 마치고 퇴수하는 동안은 기분이 복잡하다.

서핑을 하기 전엔 어리석게도 환경오염은 내게서 아주 먼 문제라고 생각했다. 아웃도어 브랜드들이 환경보호를 외치며 소비자에게 어필하는 건 오로지 브랜드 이미지를 효과적으로 얻기 위한 것이고, 환경운동가들은 문제 해결이 아닌 예방 차원의 활동을 하고 있다고 오해했다. 자연과 나는 별개의 존재라는 어리석은 착각.

자연을 가까이하고 자주 바라보는 사람이라면 쉽게 알 수 있다. 어제 우리 앞에 놓여 있던 평온한 풍경을 갑자기 거스르는 것이 무엇인지. 이곳에서 자연스럽지 않은 것이 무엇인지. 폭우가 쏟아지고 나면 매번 공장에서 몰래 방류한 오염수 때문에 낙동강 하류에서는 썩은 내가 나고, 여름 피서객들이 다녀간 광안리해변에는 상상도 못할 정도로 많은 쓰레기가 쌓인다. 해운대에 해마다 엄청난 양의 모래를 인공적으로 들이붓지만, 모두가 안다. 한철이면 다 사라지고 날리라는 걸. 영도 앞바다엔 선박 충석 방시용으로 쓰다가 몰래 버린 폐타이어가 가득이다. 최근에야 부산시에서 심각성을 알아차리고 수거 중인데, 하루에 건져낸 양이 백 톤이 넘을 때도 있다. 다른 데서 주위들은 어쭙잖은 이야기가 아니라 실제로 내가 몇 년간 겪고 보아온 것들만 이야기한 것이다.

2017년에 공개된 제프 올롭스키(Jeff Orlowski) 감독의 수중 다큐멘터리 〈산호초를 따라서(Chasing Coral)〉는 지구온난화로 인한 산호의 백화현상을 제대로 파악하고 경각심을 일으키기 위해 제작되었다. 산호의 백화현상이란 형형색색의 산호 군락이 갑자기 딱딱하고 하얗게 변하는 현상을 말한다. 프로젝트에 참여한 과학자들과 카메라맨들은 3초마다 360도로 촬영 가능한 타임랩스 카메라를 만들어 하와이, 괌, 호주 등 대표적인 산호초 서식지에 설치하고 수년간 촬영한 데이터를 바탕으로 백화현상의 범위를 구체적으로 파악했다. 결과는 심각했다. 엘니뇨가 발생한 2014년부터 2017년까지 전 세계 75퍼센트의 산호가 백화현상 단계까지 진행됐고, 30퍼센트 정도가 폐사 단계까지 이른 것으로 확인됐기 때문이다.[*] 지

[*]   'Unprecedented 3 years of global coral bleaching 2014 – 2017', NOAA Climate.gov, 2018. 8. 1.

구온난화가 원인이었다.

　비슷한 맥락의 연구가 하나 더 있다. 자외선차 단제의 성분이 산호에 미치는 악영향에 관한 것으로 최근 5월에 사이언스지에 표지 논문으로 실렸다. 우리가 매일 바르는 선크림에는 대부분 피부에 닿는 자외선을 열로 변환하여 내보내는 옥시벤존 성분이 포함되어 있는데, 연구에 따르면 옥시벤존과 자외선에 동시에 노출된 해양생물(해당 연구는 말미잘을 대상으로 했다)은 비교군에 비해 일찍 폐사하는 것으로 나타났다.[*] 옥시벤존 성분이 말미잘 내에서는 독성으로 변했는데 특히 백화현상이 나타난 말미잘에 더 치명적이었다. 이 문제가 처음 제기된 건 2016년의 한 연구였고, 하와이주에서는 일찍이 옥시벤존과 옥티녹세이트 성분이 함유된 자외선차단제 사용을 금지하는 법안을 2018년에 가결하고 2021년부터 발효시켰다. 일각에선 산호의 백화현상과 폐사가 그저 너무 따뜻해진 수온 때문이라는 의견도 여전하지만, 해양생태계 순환에 큰 기여를 하고 있는 산호가 위협을

[*]　Djordje Vuckovic et al, 'Conversion of oxybenzone sunscreen to phototoxic glucoside conjugates by sea anemones and corals', *Science*, Vol. 376, Issue 6593, pp. 644-648, 2022.

당하고 있으며 우리가 오랫동안 아무 의심 없이 취해 온 편리가 사실은 자연을 망치고 있을지도 모른다는 경각심을 갖게 해준 연구임에는 틀림없다.

백화현상은 비단 먼 나라만의 문제가 아니다. 우리나라에서도 이미 백화현상이 진행되고 있다. 제 주와 남해 연안에서도 정확히 밝혀지지 않은 요인에 의해 해조류가 사라지고, 석회조류가 암반을 뒤덮어 백색으로 변하는 현상이 나타나고 있다. 갯녹음 현상 (whitening event)* 또는 바다 사막화로 불리는데, 수온이 비교적 따뜻한 제주와 남해안에서만 나타나 다가, 최근 들어 속초와 독도에서도 갯녹음이 진행되 고 있음이 확인됐다.

해조류가 이룬 바다숲을 '해중림'이라 한다. 해 중림에선 많은 종의 바다 생물들이 터전을 이룬다. 해중림이 사라지면 그곳에 살던 많은 생물도 함께 사 라져 황폐해질 우려가 있기 때문에 우리나라에서도 2009년부터 바다숲 조성 사업을 꾸준히 실시하고 있 다.

---

* 최임호, 김종식, 곽석남 외, 「갯녹음 발생 분포특성 및 효과조사 기법 고찰」, 『2013년도 해양환경안전학회 춘계학술발표회』, 308~311면 참조.

돌이켜보면 인간은 바다를 늘 공짜로 이용해왔다. 먹을 것, 여가, 심지어 청량한 초여름 바람도 바다가 선물해준 것이다. 아주 오랫동안 많은 것을 바다로부터 받아왔으면서도 인간은 고마움을 느끼기는커녕 오히려 바다를 망친다. 우리는 결국 지구를 망치러 온 생물인 걸까.

서퍼들 사이에서는 언제부터인가 '바다 사용료'라는 말을 쓰기 시작했다. 바다를 대가 없이, 자유롭게 이용한 만큼 서핑을 마친 뒤 해변의 쓰레기를 치우는 일로 사용료를 대신한다고 표현한 것이다. 2017년 5월 양양서핑학교 이승대 대표는 이러한 서퍼들의 비치클린 활동을 장려하고자 퇴수할 때 쓰레기 세 개 이상을 줍는 '테이크 스리 챌린지(#take3challenge)'를 시작했다. 이 캠페인이 해외로 퍼질 만큼 큰 호응을 받으면서 전국 곳곳에서 챌린지가 이어지고 SNS로도 널리 공유됐다. 그 밖에도 새해가 되거나 큰 태풍이 지나가고 나면 해당 지역의 서퍼들은 자발적으로 해변에 나가 쓰레기를 수거한다. 이들의 활동은 바다에만 국한되지 않는다. 서핑이 파도 위의 일만은 아니듯, 바다 밖에서도 자연을 시킬 수 있는 방법을 찾고 있다. 나 역시도 서핑을 시작하기 전과 비교해 소비 습관이 굉장히 많이 바뀌었다. 좀 더 환경에 도움이 될 수 있는 소비를 지향하게 된 것이다.

옷을 잘 사지 않지만, 작년 겨울을 앞두고 서퍼들이 브랜딩한 멋진 코트 한 벌을 구입한 것도 같은 맥락이다. 서핑이 끝난 뒤 체온 유지용으로 입는 방수 및 방풍 코트의 형태를 하고 있으면서 평상시에도 입을 수 있도록 디자인된 멋진 코트였다. 특히 버려진 플라스틱에서 추출한 원단으로 제작했다는 점에서 굉장히 호감이 갔다. 서핑을 가는 날에도 가지 않는 날에도 겨우내 정말 잘 입고 다녔는데, 서퍼가 아니라면 익숙지 않은 형태의 코트라 어디서 구입했느냐는 이야기를 정말 많이 들었고 그럴 때마다 이 브랜드에 담긴 철학에 관해 열심히 떠들게 됐다.

자신이 웻수트를 발명하는 바람에 해변을 너무 북적이게 만들었다며 자책에 가까운 말을 남긴 잭 오닐도 오래전부터 환경문제에 관심을 기울였다. 그 덕분에 오닐은 1996년부터 석유 대신 석회암에서 추출한 네오프렌으로 모든 웻수트를 제작하기 시작했고 현재는 리사이클된 원단 사용 비율을 절반 넘게 적용하고 있다. 환경보호에 관한 노력으로 널리 알려진 브랜드 파타고니아 역시 생분해성 고무 원단을 개발해 웻수트를 생산하고 있으며, 그 밖의 많은 웻수트 브랜드가 친환경 소재를 꾸준히 개발하고 있다. 그들은 친환경 접착제를 사용하고, 염색되지 않은 실을 사용하며, 다양한 환경교육을 지원하고 환경운동을 펼친다. 파타고니아의 창립자 이본 쉬나드는 그의 저서 『파타고니아, 파도가 칠 때는 서핑을』에서 소비자가 필요로 하는 것들을 생산하고 판매해야만 하는 기업(가)의 입장에서 그가 가졌던 오랜 의문에 대해 이렇게 결론 내렸다. "우리가 할 수 있는 가장 현명한 일은 제품을 가능한 오래 지속되도록 만드는 것이다. 우리는 제품들이 지나치게 빨리 되돌아오는 것을 원치 않기 때문이다."*

어린 시절 나는 주말이면 가족들과 냇가나 숲에서 주로 시간을 보냈다. 계곡물과 개천에서 신나게 수영을 하고 피라미나 고둥을 구경하다가 저녁이 되면 텐트에서 잠이 들었다. 그때 들은 풀벌레 소리와 밤하늘을 수놓은 별들은 여전히 내 머릿속에서 선명히 빛나는 풍경이다. 캠핑이라는 개념도 없던 시절, 텐트는 엉성했고 자갈에 등이 배겼지만 잠은 늘 달았

---

*   이본 쉬나드, 『파타고니아, 파도가 칠 때는 서핑을』, 라이팅하우스, 2020, 187면 참조.

다. 내가 기억하는 캠핑이란 그런 것이었다. 아울러 세상엔 인간만 사는 게 아니라 소금쟁이나 가재, 물뱀, 박쥐 같은 친구들도 살고 있음을 아는 일이었다. 빨간 고추잠자리가 알을 낳는 광경을 보며 경이를 느끼고 조용히 응원하던 어린 시절을 보낼 수 있었던 건 돌이켜보면 정말 축복이었다. 내가 지칠 때 자연을 찾게 되는 건 아무래도 어린 시절의 영향이 크다. 서핑을 하게 되면서 다시 나는 그 시절로 돌아간 것만 같은 풍요로운 기분을 느낀다. 그리고 무척 걱정이 된다. 이 아름다운 자연을 결국 다 망가뜨리게 될까 봐. 아마도 서핑을 비롯한 여러 활동을 통해 자연을 가까이하게 된 사람들이 공통적으로 느끼는 마음도 나와 비슷하리라 생각한다. 자연과 우리는 뗄 수 없는 관계고, 우리가 자연에 종속되어 있다는 걸 모두가 다 알게 되는 날이 올 것이라 믿는다. 그러니 이제 우리는 자연으로부터 취해온 많은 것들을 생각하며 사용료를 내야 한다고 생각한다. 자연에 이로운 쪽으로 살아가는 일, 그것이 우리 시대의 교양이라고 믿는다. 우리가 자연을 아낄 때, 자연도 여전히 우리를 아끼고 품어줄 것이다.

울지 마 괜찮아 할 수 있어

2020 도쿄올림픽(실제로는 1년 미뤄져 2021년에 열렸다)에서 서핑이 처음 정식 종목으로 채택되었다. 역사에 기록된 첫 서핑 올림픽 금메달리스트는 이탈로 페헤이라 선수였다. 그는 브라질 빈민가 출신의 서퍼다. 어릴 적 집 앞 바닷가에서 스티로폼 널빤지를 서프보드 삼아 타고 놀던 그가 금메달의 주인공이 되었을 때, 그의 언어로 바다를 향해 기도하며 기쁨의 눈물을 흘릴 때, 나도 따라 엉엉 울고 말았다.

스포츠에도 돈은 필요하다. 좋은 신발, 좋은 운동복, 첨단 장비, 좋은 코치…. 실패해도 다시 도전할 수 있는 여력은 돈에서 나온다. 비범하지 못한 나는 내게 여력이 없다 믿었고, 그것을 계기로 살면서 너무나 많은 핑곗거리로 내 한계를 결정지었다. 그러나 가끔 스포츠계에선 그것을 모두 초월한 누군가가 나타나곤 한다. 우리가 아는 멋진 이름들은 우리가 가진 신체와 정신, 오롯이 그것만으로도 세상 가장 높은 곳에 우뚝 설 수 있다고 말한다.

내 가난했던 어린 시절과 밤을 견딜 수 있게 해준 것 역시 희망이란 이름의 이불이었다. 가난은 자신의 가능성을 걷어차게 하고 무기력함을 자꾸 주입하기 때문에 위험하다. 내게도 그 무력감이 꽤 오래 있었고, 시간이 지나 언젠가 그 모든 걸 떨칠 수 있게 된 건 꿈과 희망 덕분이었다. 그것은 당장의 힘든 오늘이 아니라 괜찮을지도 모르는 내일과 먼 미래를 내 것이라 믿게 하고 노력하게 만들었다. 꿈과 희망, 격려. 비록 아주 많은 걸 이루지는 못했지만 그래도 내 삶에 이 세 가지가 없었다면 나 역시 너무 쉽게 많은 것들을 포기했을지도 모른다. 그래서 나는 스포츠가 좋다. 이토록 멋진 이야기가 어딘가에서 고개를 푹 숙이고 있을 소년 소녀에게 닿아서 꿈을 꾸게 하니까. 내 삶에서 대부분의 영감이 스포츠에서 비롯되는 이유다. 그곳엔 반드시 어제의 희망이 있기 때문이다.

꿈은 우리 앞에 놓인 장애물을 무력하게 만드는 가장 멋지고 아름다운 무기다. 어느 누군가가 그의 희망을 성취할 때, 우리 역시 그것이 여전히 세상을 움직이게 하는 큰 힘이라고 굳게 믿게 된다. 그러니 우리 모두에게, 너무 빨리 어른이 된 누군가에게, 나는 말하고 싶다. 울지 마. 괜찮아. 할 수 있어.

한숨 푹 자고 우리는 바다에서 만납시다

저는 흡사 유사연애를 하는 기분이었습니다. 만날 수 없는 상대를 내 연인이라 여기는 환상처럼 말입니다. 1년 전 저는 부산에서 경주로 이사를 왔고, 필름숍을 운영하게 되면서 바쁜 것을 핑계로 서핑을 하러 바다에 가지 못했습니다. 마침 보관 기간이 끝나 서프보드도 가져왔죠. 부산 송정의 한 서핑숍에서 매일 바다를 바라보던 제 서프보드는 지금 필름숍 구석에 멀뚱히 서서 신라왕의 무덤을 바라보고 매일 문안을 드립니다. 서프보드에게 무척 미안합니다.

그래도 생각해보면 좋았습니다. 내가 서핑을 가지 못한 시간이 길어진 만큼 내가 서핑을 얼마나 많이 사랑하고 있는가를 알게 됐기 때문입니다. 그리고 좋은 서핑 친구들도 많이 생겼습니다. 조엘 튜더, 해리슨 로치, 데번 하워드, 이탈로 페헤이라, 저스틴 퀸틀(Justin Quintal), 켈리 슬레이터(Kelly Slater), 존 존 플로렌스(John John Florence), 가브리엘 메디나(Gabriel Medina), 잭 로빈슨(Jack Robinson), 토렌 마틴(Torren Martyn), 그리고 이름 모를 많은 친구들…. 그들은 빛나는 별이었습니다. 나의 일방적인 흠모와 추종이었지만 친구 또는 선생님이 되어준 그들의 서핑을 유튜브 영상으로 거의 매일 보면서 나도 함께 마음으로 그 바다에 서 있고자 애썼습니다. 참 좋았습니다. 서핑이란 흔들리는 파도와 서프보드 위에서 중심을 잘 잡는 일인 것처럼, 그래도 나는 지금 나의 삶 위에서 중심을 잘 잡고 서 있는 듯합니다. 아직 서핑은 잘 못하지만요.

그래도 내일은 서핑을 하러 가야겠습니다. 조금 흐트러진 마음이 그리워서요. 파도와 함께 걷는 그 기쁨을 느껴보고 싶어서요. 한숨 푹 자고, 우리는 바다에서 만납시다. 살짝 비가 온다면 좋겠어요. 안녕.

나를 만든 세계, 내가 만든 세계
'아무튼'은 나에게 기쁨이자 즐거움이 되는,
생각만 해도 좋은 한 가지를 담은 에세이 시리즈입니다.
위고, **제철소**, **코난북스**, 세 출판사가 함께 펴냅니다.

아무튼, 서핑

초판 1쇄 2022년 7월 30일
초판 2쇄 2023년 5월 30일

지은이 안수향
펴낸이 이재현, 조소정
편집 조형희, 문벼리
디자인 일구공 스튜디오
제작 세걸음

펴낸곳 위고
등록 2012년 10월 29일 제406-2012-000115호
주소 경기도 파주시 회동길 290 206-제5호
전화 031-946-9276
팩스 031-946-9277

hugo@hugobooks.co.kr
hugobooks.co.kr

© 안수향, 2022

ISBN 979-11-86602-88-1 02810